문학과지성 시인선 **516**

이 가지에서
저 그늘로

김명인 시집

문학과지성사

문학과지성사에서 펴낸 김명인의 시집

東豆川(1979)
머나먼 곳 스와니(1988)
푸른 강아지와 놀다(1994)
바닷가의 장례(1997)
길의 침묵(1999)
바다의 아코디언(2002)
파문(2005)
따뜻한 적막(시선집, 2006)
꽃차례(2009)
여행자 나무(2013)
오늘은 진행이 빠르다(2023)

문학과지성 시인선 516
이 가지에서 저 그늘로

초판 1쇄 발행 2018년 8월 30일
초판 3쇄 발행 2024년 7월 17일

지 은 이 김명인
펴 낸 이 이광호
편   집 조은혜 최지인 이민희 박선우
펴 낸 곳 ㈜문학과지성사
등록번호 제1993-000098호
주   소 04034 서울 마포구 잔다리로7길 18(서교동 377-20)
전   화 02)338-7224
팩   스 02)323-4180(편집) 02)338-7221(영업)
전자우편 moonji@moonji.com
홈페이지 www.moonji.com

ⓒ 김명인, 2018. Printed in Seoul, Korea

ISBN 978-89-320-3466-9 03810

이 도서의 국립중앙도서관 출판예정도서목록(CIP)은 서지정보유통지원시스템 홈페이지
(http://seoji.nl.go.kr)와 국가자료공동목록시스템(http://www.nl.go.kr/kolisnet)에서
이용하실 수 있습니다. (CIP제어번호: CIP2018027032)

문학과지성 시인선 516
이 가지에서 저 그늘로

김명인

시인의 말

제 몸이 아니라며
자다가도 벌떡 일어나 앉는다.
서쪽은 없다고 나는 중얼거리지만
이 추궁 견뎌야만 그 땅에 내려선다고?

2018년 8월
김명인

이 가지에서 저 그늘로

차례

시인의 말

IV

해설

I

멸치처럼

.

멸치 가게 여자가 박스를 열어
몇 묶음째 상품을 보여준다
몸과 몸을 훑어 한 무리임을 확인시키지만
군집을 모르는 손님에겐 못 가본 바다 같다
멸치는 팔려서라도 돌아갈 물길이 없다
있다 해도 짓뭉개진 뒤에야 놓여날
그물망, 어제까지 안 그랬다고 여자가 말했다
은빛 파도에 떠밀려 파닥거리는 멸치를
채반째 데쳐 비늘이 생생하도록 바람에 널었으니
그물을 싣고 항구를 들락거리는 건 배의 사정,
장마 탓이지만 마침 그때 일이 떠올랐을 뿐
머리를 떼면 흑연 같은 속셈이 딸려 나와
멸치는 곤곤해진다, 그러니 안주로 부른들 뭐 하랴
촘촘하게 엮인 투망을 덮어쓰는 절기에도
물기 다 거둔 멸치는 건건하다
비쩍 마른 여자가 삐걱거리는 좌판에서 돌아선다
한 번도 제 영역을 지켜낸 적 없는, 멸치
저걸 덮치려고 고래까지 아가리를 활짝 벌린다

유전자전

부질없어서 민들레는 들판 너머로
씨앗을 날려 보낸다, 멀리 바다로 가서
수평선을 기웃거리다
어떤 섬에도 내려앉지 못해 마침내 수장되겠지만

이른 봄날 민들레꽃 지천인 외딴섬 여 사이로
팽팽한 실랑이 끝에 낚싯줄 끊고 도망치는
물고기가 있다, 해도
미늘에서 멀찍이 벗어나는 것은 아니다
맞물리면 끊어버릴 수 없어
미끼 근처로 되돌아서는 호기심

이 끈적임은 피가 아니라 떨칠 수 없는
유전자라는 것, 일생이 겨워도
한입 적시며 종족들은 이어진다
고집 센 물고기가 당겨대다 기진하는 바닷속에도
느슨하지만 연대가 엄연한 삶,

우리가 죽음이라 불러서 은밀하고 두터운

생식들은 지켜진다, 어둠 속에서
삐져나온 손이 다른 손목을 휘어잡는다
상대는 안 보이는데 끈끈하게 질척거린다면
나를 휘어잡은 것 너의 사랑인가, 눈먼 유전자인가

수심에 길들여지지 않는 장님물고기

백 킬로그램이 넘는 돗돔이 잡혀
바닷속 물길을 궁금하게 하지만
몇 시간의 사투 끝에 마침내 기진한 어부에겐
뱃전에 눕혀놓은 가오리가 괴물 같다
추가 도달하는 곳 해저라 해도
상상이 도사리는 깊이라면 경악할 뿐,
수심을 몰라 닿지 못하는
바닥에 무엇이 사는지 모르겠다
어느 날 내가 떨어뜨린 한 편이 가라앉아
심란해진 마음 이리저리 뒤적거리지만
우리 심성 어디에 공포를 동반한 심해가 있어
내려갈수록 캄캄하게 좁혀진다면
나는, 옴팍진 해구를 건너뛰는
장님물고기와 다름없으리!
빛을 엿보는 자 내 안에도 있어
흑암이었을 때 그 기미를 끌어안으면
무언가에 갇혀 있다가 활짝 젖혀진
상상들은 그렇게 이어진다, 심해의 비밀처럼!
저 산봉우리에서 조개 무덤이 발견되지만

일생을 함구한 자의 등을 은밀하게 떠미는

절벽 해구 따로 있을까 싶어 지느러미 꿈틀거린다

둠벙 속 붕어

둠벙의 물 다 퍼내면 거기 살던 물고기들
어디로 숨을까, 진흙 바닥에 처박혀
질척거리는 발자국 추스르며 논둑길 따라 걷다가
내 딴엔 없는 낚싯대도 펼쳐놓고 앉았는데
키 큰 벙어리가 옆에 와서 내 낚싯대로
연신 손바닥만 한 붕어를 걸어 내는 것이다

방죽 너머로는
누군가 투신해서 푸르다는 바다,
그 꿈을 다 퍼낼 수 없어 우리는 풍파를 모르는
둠벙이나 가끔 살피는데 보기보다 깊지 않은지
동네 청년들이 모터를 걸어놓고 바닥째 비워내곤 했다

오늘은 둠벙 둑에 소방차가 서 있다, 경찰까지 보이니
커다란 호스로 물을 콸콸 뽑아내는 사람들 곁에서
바닥이 언제 드러나나 한참 기다리고 섰다가
꽤 지체될 것 같아 집으로 돌아왔는데

들은 이야기로 여자는 없었고

살이 다 털린 사체가 발견되었다 한다

그러고 보니 나는 몇 해 동안 그 둠벙 속 붕어를 졸였으니

식인 물고기의 먹이사슬 위에서 생각을 뜯었던 것이다

내 부족함은 좌파인 빗소리로 채워진다

입담 센 사람들과 한 테이블에 둘러앉았으나
오른쪽 회로는 처음부터 차단되었으므로
옆자리의 큰 소리라도 왼쪽만 받아놓는다
나의 의견도 절반만 옮기겠다, 내 부족함을 알기에

납덩일 매단 겨울비가 유리창에 들이친다
안팎 없이 들썩거리지만
부리들은 줄기차게 유리의 바깥을 쪼아댈 뿐
방 안의 열기까지 적셔놓지 못한다

전선으로 가는 거지? 오른쪽에서 누군가 물었다
나는 안 들리는 척한다, 옮길 의도가 없으므로
파장의 중심이라도 잠잠하다, 산맥을 넘고
사막을 건너온 억척스러운 호기심이
정수리에 장대비만 꽂아대지 않는다면

평화란 일상으로 경험하는 누긋한 순환
허리가 잘려도 두루두루 이어지는 것
나는, 사실 두절되었으므로 딱히 답답할 건 없다

초겨울 우기가 밋밋하다면
내 부족함은 좌파인 빗소리로나 가득 채우겠다

끄나풀

비밀 결사의 제일의第一義는 절대 함묵이다!
누구의 발에도 밟히지 않게 꼬리 사리고
발설된 소문을 지우고 가는
불면의 연결 고리,
서로를 얽어놓는 기만을
풀어헤친 마음들은 엿볼 리 없지
누설된 보푸라기엔 신뢰란 없다, 흘깃거리는
동사가 의심받는 건 지극히 당연한 것,
수면장애를 불러들이는 날카로운 발톱으로
헤아릴 수 없는 단서를 되풀이해서 갉는
족제비만 어둠 속에서 눈을 찢는다
허구한 언약을 쌓아도
거기 믿음이 있던가
한 번도 간파당한 적 없는 포승을
나는 품고 있다, 싸늘한 웃음을 엮어
너를 포박하려고!
나에게 들이댈 비수를 고르는 너는
이 끄나풀 눈치챈다 해도
이미 나란 올가미에 옭매인 것이니

죽은 공장

10몇 년 탈 없이 돌아가던 공장이 문을 닫았다
주문도 기계음도 멈춰 선 벨트 위엔
난삽하게 어질러진 먼지의 잔업들
흐릿해진 공장의 눈에는 무엇이 비칠까?

다가서면 하오의 생계로 스산한
햇살 잦아드는 마당에서
아이 몇 추위에 떨면서 놀고 있다
해 질 녘까지 눌러놓은 허기 아래
어른어른 실직인 하루가 되비치려다 만다

아침저녁 밖으로 끌고 나가야 용변을 보던 개처럼
함께 목줄에 묶였던 너는 각별한 이웃
구난 길에서 돌아와 잠긴 문 앞에 서면
죽은 공장이 옛 동료를 알아보고 컹컹 짖어댄다

주름

나이답지 않게 팽팽한 얼굴을 쳐다보다
눈가장이에 더께 진 잔주름을 발견하지만
다독일수록 엷어지는 것도 아닌데
목덜미까지 파고든 몇 가닥 실금 가리려 애쓰는 건
그것이 조락을 아로새긴다는 확신 때문,
아무리 변죽을 두드리며 달래더라도 주름에게
하루하루란 윤택한 시간이 아니다
쏟아져 내리는 여울처럼 시원하던 복근이
어느 날 이마며 두 볼에도 흉물스럽게 옮겨 앉는다
손금 하나로 골목을 주름잡았다는 그를 볼 때마다
잔골목이 하도 많은 동네라서 길 잃기 십상인
나도 맨발인가, 아기는 쪼글쪼글한 주름
발바닥까지 휘감은 채 태어난다
울음을 터뜨리며 종주먹질해대는 말년이 아니더라도
주름은 누구의 것이든 삭은 동아줄인 것을,
그걸 잡고 우리 모두 또 다른 세상으로 주름져간다
주름투성이의 손바닥을 움켜쥐고
저 세상의 아기 하나 지금 막 요람에서 돌아눕는다

메기

먹방으로 흥청거리는 게 누대의 허기만 같다
저 음식남녀들 한자리에 모아놓고
밤낮없이 지지고 볶게 한 다음
먹고 마시고 싼 것들 속으로 가라앉힌다면,

물속 바위틈에 노숙을 비껴 넣고
살아내는 기척도 죽이면서
제 힘껏 마련한 식음이 메기 살 되게 한다면,

이 바닥에는 메기만 한 보양식이 없다고
당신은 허겁지겁 다가앉겠지만
누가 설친 끼닐까, 메기도
민물고기임을 잊었을 때
큰 입을 만난다, 아무리 요동을 쳐도
강물은 어김없이 바다에 사무치는 것을

맛집 따라나선 여행지에서
잠그고 나온 호수조차 잊어버리는 족적이야
가까운 모래톱에서 발견되더라도
누구의 공복도 채우지 못한 채 지워져버리는 것

물의 윤회

물소리가 골짜기를 쪼갠다, 음계를 바꿔가며
계곡을 빠져나가지만
허기를 채우고 마침내 다다르는 바다라면
물은 윤회하는 것일까, 분수라면, 폭포라면, 강이라면?

일행은 뜯다 만 오리발을 빈 깡통에 물리면서
늦더위 속 하오를 함께 바라본다
우리는 뒷물이니 형상은 짓지 말고
천변만화인 물소리나 따라가자고

누군가 자꾸만 오리탕 속에서 말복을 건져내는데
평상 아래로 쉬지 않고 물갈퀴가 배달된다
흩어졌다 강이 되고 바다에서 만난다고
이 물이 저 물일까?

가령 느닷없는 우박으로 형해를 바꾸더라도
물이 갇혔다 하겠는가, 담거나 비우거나

물은 물이어서 구름에 들더라도

천지 자욱하게 한 소나기 흩뿌리고
남은 구름만 멀건 국물 속을 더듬는다, 거기 빠진
일행이 제 몰골에조차 무심해도

표적과 겨냥

꼭 관통시키려는 의도는 아니었으나
가늠자 위에 올려놓으니 마침한 목표가 되는
저 작은 새는 뿌려질 산탄 앞에 노출된 표적,
휘둘러보아도 항렬의 바깥이라는 듯
짐짓 먼 눈짓을 건네오네
절명을 맛본 적 없는 날것에게
손가락에 걸린 방아쇠를 일깨운들
무슨 소용인가, 발사의 순간
날아간 날개에 안도하는 사선이라면
표적은 제대로 겨냥된 것일까?
어떤 부당으로 상대에게 먹살을 잡히더라도
되도록 공손하게 응대할 작정이다, 나는 표적이니까
사수인 그가 내 팔뚝을 비틀며
이 새끼가! 할 때
뭐만 한 개자식이, 맞받아친다면
그건 섣부른 행동이다, 상대가 알아채지 못해도
급소는 가격보다 먼저 굳어 있기 마련,
단숨에 박살낼 듯 의욕까지 장전하고
격자에 얹힌 입술에 미친 척 힘주려는 사수 앞이라면!

아가미

아가미를 들춰 주름을 걷어 내던 여자가 옆에 선
사내를 흘낏 쳐다본다, 소금에 절여
젓갈로 담그면 별미거든,
산소를 잔뜩 머금은 선홍색 부챗살이
덮개를 움찔거리며 몸의 막바지를 헐떡거린다

아가미가 없어서 고래는 숨이 찰 때마다
콧구멍을 쳐들고 수면 위로 솟구친다지만
산소가 희박한 심해일지라도
가쁜 숨결은 벅찬 죽음을 여과하는 것

아가미를 달고 바다를 유영하는 꿈을 자주 꿨다
잠수 타려고 둘레를 가늠하던 눈,
미처 뿜어내지 못한 물줄기가 까마득한 높이로 흩뿌려
진다
　그쪽 수평선이 핏빛 노을에 절고 있다

　승조원도 없이 잠수함처럼
　제 몸에서 돋아난 잠망경을 두리번거리며
　다른 세상으로 건너가려는 딱한 아가미

II

늦가을이면 광채 속에*

늦가을 잔광 속으로 느릿느릿 애벌레 간다
저 길이 지어낼 고치의 생은
닥쳐올 겨울의 예감에나 매달릴까?
언 날개가 헤맬 눈보라 속이
나비 등 같아서

잎자루에서 잎 가장자리까지의 석양
몇 가닥 안 남았다
해 안으로 닿는다
갈바람이 잎몸째 져 내리지만 않는다면

늦가을의 슬하여, 광채가 견디므로
더 느릿느릿

* 김종삼의 「라산스카」에서.

내일

자정을 긋고 가는 하루하루가
내일로 향하는 여정이었다
끝없이 펼쳐진 해바라기 밭을 지나거나
어둠을 접붙이는 용접공의 불꽃을 거쳐서 갔다

내일이란 닳도록 졸여도 눌어붙지 않는
소슬한 희망이거나 구름에 엉기는 바람결 같아서
저물면 누구라도 소문 곁으로 잠을 풀겠지만
깨어나면 강물에 실린 거룻배의 아침일 것이다

오늘이 가고 오늘이 와도 내일은
둘레가 쓰는 복면처럼 자욱할 뿐

미지를 사랑하는 여러분!
그는 앞장서 내일로 떠났습니다
그를 따르려거든
쉬지 말고 걸어 내일로 가십시오

자정을 두드리는 혼곤한 수신호라면

그건 내일에의 의지,

열대우림에서 베어진 통나무가 얼음박물관의 기둥이 되듯

쓰임새 모르는 내일은 저를 쓰려고

먼 곳에서 먼 곳으로 옮겨 가는 중이다

우마

네가 몰고 오던 훈풍이, 웃음이
여기 오니 새삼 시절로 읽힌다, 그건 격세라는 거리감
이역만리라 하던가, 거리엔 격자의 창들 우뚝하고
처마마다 풍등 내걸렸으나 꺼질 듯 켜질 듯
형형색색의 불티 속으로 나는 내 가축을 끌고
옛길인 양 지나왔으니

전말로 가린다면 생은 끝내 등정되지 않는 북벽
며칠을 앓고 난 뒤끝이라
미동의 날들조차 물컹한 비린내로 맡아진다
곪고 곪더라도 피고름으로 가름되지 말았으면!
포장을 뜯다가 통째로 덮어버린다

간밤엔 또 수면장애를 겪었다
주먹으로 침대 모서릴 세차게 두드렸는데
문이 열리지 않았다
경계 어디쯤의 노숙이여, 살의를 거두느라
나는 늦가을 초본처럼 사지를 늘어뜨렸으니

어느새 저녁이 깊어
골목에서 불 지피던 사람들도 사라졌다
"이건 너무 이른 추위야"
무심코 뱉은 말이 회향의 입구라면
나는 진작부터 초심을 꺼뜨린 것이다

파촉

─ 홍정선 교수에게

그대가 보여준 사천四川 옛길,
공들인 여정보다 더 환하던 이국종 꽃들
어느 유적을 둘러보아도 무덤을 뚫고 솟아오른 꽃빛은
초여름 한낮을 흠뻑 적시기에 넉넉했다
검문관을 오를 때 잔졸처럼 따라붙던 장수구름
유민도 아니면서 거기 섞여들어
황원荒遠의 한을 돌아보게 하던가?
매달린 길들 가슴에 비끄러매며
몇천 척 전략을 나도 수정했으니
내가 읽었던 것은 뒤태나 활개,
가령 천 위 마애불을 슬하로 두고도
흘러내리던 암벽의 얼룩 같던 것,
정토 어디쯤에 매향 한 채 지어놓고
첩의 첩지가 되어서라도 물들려고 했는지
일생을 잔盞 치자 하더라도 나는 이미 써버린 것을,
자고 나면 돌아서야 할 그 문전에
봄꿈의 과객이 되어
갚지 못할 생도 거반 삭았다
그러니 주저했던 삼고나 초려도 이제는 빈말,

모든 우유부단만이 책략의 끝에서 머뭇거린다

다시, 가지 못하는 파촉巴蜀 삼만 리!*

* 서정주의 「귀촉도歸蜀途」 한 행을 변용.

너머

너머로의 출발은 일생을 바치는 여정,

어릴 적에는 배를 타고 떠나보려 했다
하루 종일 저어가도
연무에 싸인 수평선은 수평선인 채
너머가 보이지 않았다, 아득해서 궁금한
그곳을 바라보느라 키가 자랐지만
너머는 여전히 너머일 뿐,

여행은 목적지가 분명해서 좋았다
살아선 제자리로 돌아온다는 것
출발지가 목적지기도 한 여행,
그런데 네가 너머로 잠적해버렸다면?
어깨 위에 산다는 짐승의 울음소릴 혼자 들었다

너는 왜 아직도 믿게 하니?
안 보인다고 없는 게 아니라 주장하면서
봄 들녘 초록처럼 번져오는
스산한 너머가 있는 거라고!

그러므로 만나지 못한다고 이별은 아니다
시간은 쉬지 않고 흘러가
우리 모두를 바닥에 쏟아버리지만
실상은 너머로 간다는 것,
불현듯 너머가 생생해져
깬 잠이 좀처럼 다시 들지 않는다

약속이 아니어도 언젠가 마주치리라는
채울 길 없는 갈증으로 너는 기다리니?
광활한 우주의 이 한 자리
혼신을 다한 수평선이 내 앞에 펼쳐져 있듯이

손의 표정

하반신을 가린 책상을 가슴 높이로 당겨 안을 때
어깨는 무너지더라도 생각만은 살아 있다는 듯
볼펜을 비스듬히 쥐고
백지 위에 무언가 끄적이는 손,
채워 넣는 심사라면 가슴 높이와 엇비슷하게
허공을 적시는 문장일 것이니
얼굴은 아예 뭉개졌거나
처음부터 없었을 것이다
손은 그렇게 일기를 기록했으니
헤집거나 주무르거나 주먹을 쥐는 일만
손이 하는 일이라 착각하지 마라
억장 미어지도록 미지가 아득해
백지 위로 어둠 새까맣게 내려앉는 밤
손은, 거머쥐지 못했던 제 흑암을
또박또박 받아 적는다, 검지가 잘려 나갔어도!

보탤수록 모자라는

어떤 벨소리는 숫자만 읽고 꺼버리고
어떤 번호는 손 떨리게 켜든다
후회로 남는 눈빛도 있으니
저물며 살아나는 능선 같은 것,
잎을 매달거나 줄기를 뻗거나
우연히 거두는 뿌리혹의 기적, 이 지구에서
나는 한없이 쓰일 번호를 배당받고
덤으로 열매까지 맺을 줄 몰랐다
대책 없어 두 팔을 펼쳤는데
어깨는 왜 갈수록 무너지냐고?
어떤 포옹은 반쯤 가려놓은 통증이었으니
윤기 나는 잎들 매달았어도
나는 톱질당한 나무의 이웃이었다
한 해가 한결같지 않다면
성한 잎부터 떨궈버려야지
벨소리는 진동을 앞장세우는 것,
받아 든 동계動悸만큼 두근대야 한다면
요즘처럼 보탤수록 모자라는 셈법은 없었다

이 가지에서 저 그늘로

굴참나무가 숲을 이루었으나
저마다의 방향으로 가지를 뒤틀어서
헛갈린 형상, 뿌리를 허공에 산발한 채
모로 누운 고사목도 있다
줄이고 줄여서 몇 안 남았지만
시절은 한 그루라도 더 줄일 수 있어서
겹쳐 입은 잎들마저 허술한
누더기 숲을 나는 가로지른다
햇살이 가지를 비집고
바닥까지 잔광을 퍼질러놓아
빈약한 초록이 아니라면 세한도풍의 전나무들도
하오의 적막과 마주하고 있음을 알겠다
숲을 읽었으나 구실이 사라진 지금
나를 밀어 여기까지 오는 것은
다짐의 형식, 그 힘마저 소진해버리면
조락의 끝자리에서 허공이나 어루만질 뿐
나는, 숲을 지키는 텃새의 나중 이웃이 되어
황혼이 잦아질 때까지
이 가지에서 저 그늘로 날아야 한다
어느 순간 어둠 천 근이 날개에 매달리겠지

홍합

앙다물면 독한 질서로 우묵한 홍합은
바위틈에서나 자루 속에서나
좀처럼 자기를 발설하지 않는다
뿌리째 뽑혀 왔어도
함구로 시종할 뿐,

홍합을 따려고 손목에 쇠꼬챙일 묶고
수심을 뒤진 적이 있다, 틈새에 꼬챙이가 끼여
수경 속으로 물밀어 닥치는데도
바닥을 놓지 않던 홍합,
바위를 자를 수 없어 수장 직전이었는데

할퀴듯 뜯겨 무리를 벗은 다음에도
홍합은 속내를 드러내지 않았다
사실 나는 고문관처럼 굴었다
숨찬 자맥질에 대한 보복이듯 냄비에 가둬놓고
가스불로 지지자 온몸을 활짝 펴는 홍합

미처 빼물지 못한 붉은 혀가
침묵의 저 안쪽에 오그려 붙어 있다

우두커니

이것을 어디다 부릴까, 안장도 바퀴도 없이
헉헉거리며 끌고 온 북내면 고달사지,
비포장도로 한 줄 비집고 든 골짜기에는
바람을 타고 미루나무 줄지어 논다

결벽은 어느 시절에나 뼈저린 거야, 적빈을
추궁당하는 너무 넓은 음역들,
잿빛 남루에도 쏠리며
말매미 떼울음으로 출렁거린다

한 발짝 더 내디뎌 허방이라면
너는 백척간두의 무엇으로 서 있느냐?
허물어진 절, 첩첩 능선을 엮는데
탑이라서 아득함 다 헤아리는 것일까

차려지고 비워져서 시절 아니냐!
우두커니 중얼거리는 나,
어딘가에 부려놓을 빌미 잔뜩 지고 왔다는 듯

벌새

작은 날개 앞에 큰 덤불을 세워놓아
송곳 하나가 관문을 뚫으려는 줄 알았다
보일 듯 안 보일 듯 골똘한 벌새 한 마리
점점이 박혀 있는 찔레꽃 앞에 꽂혀 있다, 무엇에
가로막힌 여정일까

부리가 뾰쪽한 저 새에게 묻지 못하고
끊어치듯 짧게 상상하는 동안
붙박였던 벌새, 사라지고 없다

악보는 파동을 다 채집하지 못한 채 접힌다
단단한 부리로 곡절을 새길 때도
날개가 감당하는 우주가 있을 것이다
벌새는 바늘귀를 뚫어 저의 세상으로 날아갔거나
허공을 벌려 틈새의 이슬로 스몄을 것이다

간담

도감刀鑑을 펼쳐두고 설핏 잠들었는데
어디선가 흐느끼는 소리가 들려왔다, 쇠가 울었을까?
어피로 감싸 안은 칼, 머리맡에 두는 것은
북두北斗의 법도를 따라가는 일이지만

두 손을 비틀어 꼼짝 못 하게 하고
허리춤 뒤지면 살을 깨우는 서슬 푸른 날,
장도粧刀는 몸의 용도가 아니라 마음을 찌르려고
써늘하게 벼려지는 것

칼은 한 번도 자해가 없었다, 운명보다 질긴 궁박이라면
벼랑의 결심으로 스스로를 베어낼 뿐,
세상이 어지러운 것은 호주머니를 찢고 나서는
잭나이프의 소행, 그것은 도검의 수순이 아니라서
스며들지 못하는 아수라장이니

당신에게 들이대고 싶은 건 차라리 간담을 저미는 말,
북두를 밟아온 검광이 단숨에 우묵한 허를 찌른다
잘라버려야 할 생각들만 한밤처럼 깊어

오랫동안 칼이 울고 갔다면 너는 이미 훼절한 것이다

망상어

상어 꿈을 품었다 해도
한 번도 난바다로는 나가보지 못했다
테트라포드 그늘에서 파래나 뜯으며
맛도 없는 육질을 키워온 '망螯–상어'
미늘을 물고 요동치는 배가 터질 듯 만삭이다
난생이 아니라면 태생도 아니어서
한 뼘 남짓 신분 없는 어미가 희푸른
몸통을 휘저어 한 마리씩 새끼를 쏟아낸다
찢어발기는 포말 속으로 풀어놓는 산통이라니!
저것들이 헤매게 될 수심은
우렁이 살모사 가오리가 배를 끄는 바닥일까,
이빨도 없는 새끼들이
가시뿐인 어미를 물어뜯는다
어떤 물고기가 연년세세 이어진다면
그건 사력을 다하는 생식 탓,
고리를 푼 어미 망상어 한 마리
물살에 떠올라 난바다로 나아간다

밤낚시

밤낚시 하러 가는 사람들의 불빛이 흔들리며 지나갔다

바다가 가까워 골목이 파도로 채워지는지
멀리 또 발치에서 철썩거리는 소리의 무늬들
밤에만 미끼를 무는 물고기가 따로 있을까?

엉치바위 아래로는 낮에도 물속이 검다
조류가 굽이칠 때 거품을 토해놓는 소용돌이 속으로
타래째 줄을 풀었지만 추가 닿지 않았다면
낚시꾼도 허둥대기 마련

스르르 풀려나는 물레 언제부터 잡고 있었을까
깊이를 몰라 디딜 수 없는 적요란
맛보기엔 그럴듯해도 건너기엔 너무 아뜩해서
물고기나 동무하려고 파도 소리 솟구치는 밤

그 밤바다로 혼자 낚시하러 가야 하는 시간이 가까워
지고 있다

III

간반

채색이 흐린 무늬가 손등으로 번졌지만
아직은 섭생이 내밀할 거라는 착각?
꽃이라 여기지 말자, 목소리도 이젠
탁해질 때가 되었다, 목둘레의
간반이나 볼 언저리 검버섯
어느 날 문득 안 보이던 것들이 보여서
드디어 목적지에 다가섰다는 생각,
오래오래 걸어와 부은 발등에도
그늘은 얹혀 있다, 저승꽃이라 하지 않고
산책길에 덮어쓴 낙엽 같은 것이라고,
문을 여는 손잡이로 맺히는
저 꽃을 우리는 간반이라 한다
악력이 예전 같지 않아서
끝내 쥐여지지 않는 다짐이라면
붙잡은 것들 놓아 보내야 하리
닫히는 꽃이여, 손잡이가 눈앞에 있다

호박 달

아버지는 스물네 해 전에, 어머니는
금년 정초에 돌아가셨다, 정정하던 시골집 탓에
한가위 귀성 행렬에도 해마다 끼었건만
올해는 갈 곳조차 한갓져 하루 종일 뒹굴다가
달맞이 산책길에 나선다, 달의 뒷면으로
불뚝한 심사여, 조금 있으면 만월이 떠올라
어머니와 함께 툇마루에 쌓던
호박 달로 글썽거리리라
생사야 장난처럼 단순해 무리도 벗었건만
구름 달 여전히 내 속에 있고
나 혼자 굴러오다 여기 서성거리니
나는 몇 번이나 더 추석까지 저어 갈까?
우수는 마음의 구름이니 달이여,
한 가계가 나누던 쓸쓸한 사랑으로
아뜩히 솟아올라 무너진 지붕 저쪽
출가의 달로 헤매다오

(어떤 달은 열아홉에 가출했고, 스물둘에 져버렸다)

수면장애

꿈이 증폭되지만 날개가 없으니
침대 아래로 불시착이나 하지
발도 못 디디는 잠,
갈 데까지 가서 헤맨다는 생각에
수면 밖을 두리번거리는데
밤비가 성긴 빗자루로
흉몽의 찌꺼기들 쓸어 모은다
모음이 비었는지 ㅅㅅ거리는 빗소리
너는 빗줄기를 타고 방금 도착한 사람
물방울 화관을 썼다
잠시 환해지다 금방 어둠에 파묻힌다
암전도 아닌데
네가 왜 이리 캄캄할까?

뇌출혈

누구에게나 뜻밖의 마주침은 있다

사로잡은 시간을 해체할 때
양손에 잔뜩 묻히는 핏물,
아가미를 따고 창자를 들어내다 말고
둘러선 사람들을 올려다보면
저마다의 얼굴이 핏빛에 절고 있다

도대체 이런 비좁은 혈로
뚱뚱한 몸에게 가당키나 한 길일까?

세간

'나다'와 '내어주다' 사이 허둥대는 마음 추스르며
아내가 딸아이의 혼수 세간을 장만한다
식구를 일궈 부대끼다 보면 신접도 어느새 낡겠지만
더러 손님을 맞아야 하므로 여분은 필요한 것,
굳이 예쁜 것들을 고르느라 아내는 발품을 꽤 팔았다
걸어서 건널 여정이 아니므로 언젠가의 나처럼
리어카 끌고 끙끙거리며 올라섰던 고갯마루야 없겠지만
세간을 소비하다 힘에 부치면 저도 유리창에
어른거리는 제 모습 하릴없이 바라볼까?
이사라면 어디서 여기로, 이 동네에서 저 너머로
덜컥거리며 세간 가는 거라고
좀처럼 걷히지 않는 안갯길 더듬거리며 헤매겠지
내 이사야 너무 아득해 네 살림에 지피려면
쓰다 만 잡동사니로 여기저기 뒹굴 텐데
어느 속세간에 마음만 달랑 네게 건네는 것 같아
숟가락이라도 몇 벌 더 얹어 주고 싶다만
흘러넘치는 것 세간일 수밖에 없어
객으로 부리다 갈 유물들
추억처럼 간직해도 어쩔 수 없지, 고쳐 생각한다

못 맡는 봄

벌겋게 익은 질그릇을 황급히 개수대로 옮기면서
"밥이 타는 줄 몰랐어", 지켜보며 가늠해야 했는데
코가 맡아야 할 걸 눈으로 대신하려다
시커먼 연기로 가슴까지 그슬려놓는다

코는 냄새를 잊은 지 오래
개코는 아니어도 구린내 정도는 쉽게 구분했는데
언제부턴지 밤 화장化粧도 맡아지지 않는다
냄새 없이 방귀 뀌는 코,
커다란 엉덩이가 코앞에서 들썩거린다

못 맡는 봄이 온다, 언제 도착하는 줄 모르고
향기 잃은 꽃들 마중하랴?
폐촌의 내력을 아는
나밖에 없는 동네로
기척이 사라진다, 유령선 지나가듯

이 그림자는 코부터 나를 지울 것이다
유독 한 집의 부엌으로 달려가느라

방탕이 없던 코,

저녁의 만찬 앞에 서 있다

그득 차린 낌새인데

무슨 냄새인지 분간할 수가 없다

식민 일기

요로에 장애가 생기고부터 요의까지 지겹다
식민을 다그쳐온 훈령이 물컹하니
다스리고 거둬들이는 질서들이 허름해졌다
광복을 포기한 나약한 굴종조차
통치 못 하는 식민 관리의 우울이여

한끝은 컴컴하고 다른 쪽은 뿌연
밝음도 어둠도 아닌 굴광 한 줄기
하루를 결산하듯 발치에 내려앉았으니
우리가 돌이킬 수 없는 초록에 흠뻑 적셨다 해도
이 영토는 예전처럼 관할되지 않을 것이다

열망의 계절은 지나갔다
한여름을 울어쌓던 매미 울음이 뚝 그쳤다
저것은 식민 밖의 영역,
이번 정벌이 실패한 것이라고는 생각지 않으나
누구도 전승담을 퍼뜨리지 않으니
망국의 조짐들은 살가죽처럼 꺼칠하다

어차피 태워버릴 숲가에

비틀린 묘목을 들고

엉거주춤 서 있는 그대, 신민들!

윤택이

잠자듯 영면할 거라는 주변의 위로에도
비상등 켜진 병상을 지켜보는 것은
몇 겹 대상포진을 가슴째 껴입는 일이다
반쯤 입 벌려 숨찬 가래 끓이는
지천의 번지 찾기가 오래도록 이어졌으니
자진 끝에야 또 한 세상 마련되는가?

그러다가 문득 휑한 온기가 되짚인다
여기서의 부름이 아뜩한 길 끝 막아선 걸까?
문턱을 넘다 말고 돌아보시는지
한쪽으로 쏠려가던 눈동자가 조금씩 중심을 잡는다
맥박이 잠깐 이승으로 이끌린 것

누군가 그곳을 겪고 왔다고, 책에 쓴 어떤 고백에도
칠흑 끈질기게 묻어나 그걸 지켜보려고
의자를 당겨 앉아 졸다 선잠에 빠져드는데
"어머니, 윤택이가 왔어요, 어디 계셔요? 어머니 아들
이 왔어요!"
울음에 적신 고함이 치매 병동 낭하를 메아리친다

이 시간이면 어김없이 되풀이된다는

윤택이라는 저 노인에게도

어머닌 지울 수 없는 얼룩인지

그 어머니가 오래전에 닫아걸었을 문밖에서

수유도 끝난 맨발이 불판을 딛는 듯 자지러진다

빙산의 일각

복약을 줄여주겠다며
담당 의사가 처방전에서 알약 한 개를 뺀다
호전일까, 그래봤자 다섯에서 넷,
따로 처방받은 두 알이 있으니 지병의 목록은
요량보다 장황하다, 요즘 일과는
좁힐 대로 좁혀놓아
두세 시간 책 읽기가 고작,
산책도 외출도 삼가니 무문에 든 듯
삼시 세 끼 공양만 불쑥불쑥 디밀어진다
생각거니 세 끼 밥상머리에 앉으려고
불러들였던 세월 같고, 그 밥상 둘러엎으며
들끓었던 나달 같은
모서리 하도 여럿이라서
읽히는 쪽이 일각이라니!
빙산이야 온전히 저를 드러낼 리 없겠지만
보여준다 해도 얼음뿐일 표정들,
살아내는 사정은 물도 아니고 색도 아닌
그저 흐리멍덩한 물색이라는 생각,
여명이 회색으로 번지다가
이내 깜깜해질 이 박모薄暮에!

바다공동묘지

지정석이 없는 주검 자리라 해도
아무 곳에나 흩뿌려선 안 된다고 한다
유골함을 앞장세운 일행은
팻말이 가리키는 바다공동묘지 근처로 왔다
예보된 조석보다 물은 더 밀려나 있어
배를 빌려 조금 나아간 골 자리
몇 줌의 뼛가루로 뿌려지니 주검이
구름에 사무친 듯 반짝, 핏빛 해를 켜 든다
굳이 수목장이나 추모공원을 마다한 건
망자의 고향이 동해이고 이쪽도 바다인 까닭,
태생이 동녘인 어둠이 밀려와서
흩어지는 서해를 순식간에 휩쓸어 간다
그 끝자리에서 일행은 우두망찰하지만
파정하고 돌아가는 썰물 더는 기다리지 않는다
저렇게 흩뿌려지는 주검, 작은 물고기가 한 입 물고
더 큰 물고기의 배 속에 들었다가
어느 어부의 그물에 걸려 밥상머리 조림으로 오른들
늙은 어미가 입맞춤하는 비린 슬픔
흩어져버린 그가 감당하겠는가?
내내 덩두렷할 바다공동묘지에서!

활개

근황이라면 길을 걷다 불쑥 깨닫는 것
키가 줄더니 보폭까지 짧아졌다
어기적거리지 않아도 활개들 앞질러 간다
비끼거나 스치는 어깨들 세상이라면
나는 어느새 인파 속 암초가 되었나?
축지해야 할 발의 마일리지
몇 킬로로도 이렇게 아뜩하니
몸이 감당하는 지금이 만년이라는 것,
추월당하는 건 비루하다, 나는 당당하게
활개 펴 인파를 밀치지만
까마득하게 쳐다보이는 빌딩 아래로
내 속도로만 허우적거릴 뿐,
가로막히는 어떤 순간에는
활개 접은 몸통 하나로 솟구쳐야지!

포도밭 엽서

한 해의 농사가 단물로만 끝나는 것 아니지만
연록의 세세를 저온 창고 가득 쟁이려면
바닷바람 머금은 그해의 포도는 가을이 깊도록
여름을 일렁여야 한다, 초록을 뒤집던
잎잎의 손사래 사이로 송이송이
열매들은 다투어 초롱을 들어 보이지
해와 달 어지간히 베어 물고
어느새 무거워진 보라 알알이 가두어지면
끝물이 허전한 포도밭 머리
늙은 나무의 노쇠를 갈아치우던
노역들도 지쳐갔는지
칡 넌출을 덮어쓴 저 언덕 배미
예전의 포도밭이었다는 것을 아는 사람
이제 드물다, 나무는 자라고 늙어가는 것,
포도밭이 포도의 기억으로 우거졌으니
억새 흔드는 이 가을도 어지간히 저를 지나친 셈이다

사다리

상승 의지가 없다는 말에
후들거리며 나서는 산책길
이음매 뜯긴 비탈길 한 줄
등성이에 뉘여 있다
숨이 차 중턱에서 잠시 쉬는데
골짜기 폐물집하장엔 일 끝낸 인부들인 듯
드럼통 곁에 빙 둘러서서
저마다 끌고 온 하루를 패서 태우고 있다
조금 더 오르면 죽은 개를 암매장한 곳,
누군가 고사목 둥치를 쌓아 돌무덤을 가려놓았다
파묻은 개가 부활했는지
그 위에 찍힌 흙 발자국들
일렁거리는 참나무숲엔
참 많이 올려 보내는 것 같았는데
잎 다 지운 겨울 가지들이
저무는 허공을 쳐들고 있다
이 산에서 저 골짜기로 막 건너뛰려는 해,
밟고 올라설 사다리가 없으니 빌려 쓸 높이가 없다
애야, 올라갈 때보다 내려올 때가 위험하단다

예전의 한 장면처럼 어둑어둑 가라앉는

아버님 말씀, 사다리 꼭대기인 듯

무릎이 휘청거린다

보리수다방

스물몇 살의 여자가 이순을 넘겨 전화를 걸어왔다
골격만 앙상한 출렁다리 되짚고 오는
밑도 끝도 없는 추락에 관해 듣다가
웬 공배인가 싶어 40년을 몽땅 제하고
이태 동안 무수히 들락거렸던
그 다방의 몽환 속에 혼자 앉았다
그녀를 기다리며 중얼거린다, 아득할 거라는데
조금도 설레지 않고 지루하기만 한
어떤 어긋남에 관한 이야기, 실은 보리수나무
그늘 탓이겠지, 한참 걸어오다 문득
다방 입구에 걸린 커다란 거울 안쪽에
무언가 놓고 왔다, 사정없이 짓뭉개진 약속이다 보니!

나비는 팔랑거리며 날아내리고

천지가 꽃철이라지만 나비는
담장 너머 어딘가 나비 동산으로 날아가고
거기까지 닿기가 너무 막막해
꿈으로 뒤척이는 여울의 잠,
깨어날까 깨어날까 허우적거리는데
귀 밝은 몰락이 몰고 오는 둘레인 듯
한순간이 수면 위로 솟구쳐 오른다
그때, 차창에 붙어 앉아 뒤돌아보던 그대를
알아봤었다, 가로수 길 저편
낙화는 분분했는데
부박한 날개가 돋아서
나비 동산으로 건너가려고 등이 가려운
추억에서 비로소 아뜩해진다
오지로만 다니는 버스
한두 번 바꿔 탄 것뿐인데
어느새 해는 서산마루로 기울고
날개로도 못 닿을 나비 동산 저쪽인 듯
어스름 산길이 팔랑거리며 날아내린다

월정에서

가까이 우체국이 있고 바다가 활짝 펼쳤으니
네게 엽서나 한 장 띄워볼까,
우체국 유리문을 밀치려다 만다
아득히 넓어 너는 비경처럼 가뭇한데
저 거리를 엽서 한 장으로 메울 수 있겠니?
산굼부리는 구름을 물어 비딱하고
일체를 조섭하느라 뒤늦게 온 동풍이
먼 데 풍력을 슬그머니 건드린다
마음은 돌까 말까 망설이는 풍경에 거두어지니
노을이여, 우리 사이엔 오래전의 물결
너는 잦아도 그만인 날개 같고
나는 한사코 으르렁거리는 파도로 내달리니
안부란 미끄덩 청태 낀 바위의 세목일 뿐
누구 탓이라니, 시간이라면 네가 더 누려야지

치자꽃 향기로 쓰는 복면

옮겨 심은 치자가 꽃망울을 맺어
두어 송이 피어난 치자꽃 향기 진동할 테지만
나는 코가 없어 냄새를 모른다, 예전의 둘레로
축축한 후각의 사내 혼자 맡는다

어떤 지리멸렬도 퍼붓는 대로 받아내면
그대로 굳어버리는 형질의 어둠,
머리맡에 앉을게요, 둘레가 무너져 내리는 병
그게 치매지요, 치차를 끌고 오던
초여름이 하루를 휘고 있다

사방은 컴컴해지지만 꽃은 어둠 속에서도 희다
몸이 잠가놓은 마음의 어딜
각진 모서리로 깎아내는 치자꽃 향기
이쪽에서는 엿볼 수 없는 예각의 바깥

복면의 저녁이 불쑥 와 있다

IV

숙맥

끝을 기다리며 구석에서 조는 파장처럼
순서는 우리가 닿기 전에 여러 번 출렁거렸을 것이다
모든 막장은 늦게 도착해 혼자 떠들썩한 떠버리라
거대한 음모일수록 매만지는 손 가냘프구나
달은 결코 뒤돌아보지 않으니
검둥개가 물탱크를 쳐다보며 컹컹 짖는다
착시의 끝에 매인 목줄을 늘어뜨리고
나도 그게 운명이라 짖은 적이 있다
예감은 길고 조락은 짧아서
우화에 절은 굼벵이 한 마리
벗어나본 적 없는 필생까지 기어코 기어간다
그게 무도회에서 엿들은 밀담이라 해도
재난은 젖줄 마른 그대에게도 알려진 비밀,
불시착하는 비행기 안에서 받아 쓰는 산소마스크처럼
황급하게 입이나 가리려고 온 세상이라면
이 별에선 콩과 보리나 정성껏 심어야지

하마

출렁거리는 뱃살이 힘의 창고가 아니라면
힘은 어디에 저장되는가?
링 위에서 덩치 큰 사내 둘이 서로 치고받으며
조금씩 기진한다, 상대에게 기대기도 하면서
주저앉으려는 바닥을 일으켜 세우려고
링 아래서 악악거리는 저 땅딸보가 감춰진 실세일까?

힘은 통뼈 속에 숨겨져 있다, 아닐까?
나는 대학생이고 어머니가 건오징어 도매할 때였지
남대문 중개시장에서 만난 깡마른 노인,
몇백 킬로그램 오징어 짝을 어깨에 얹었는데
기운을 조섭해 뼈를 세우는 게 요령이라고
그 요령 숨겨놓고 혼자 써도
그는 넉넉한 품새는 아니었다

누구 앞에서나 으르렁거리는 덩치 큰 하마를
회칼로 저몄다는 훤칠한 정장,
세단이 멈춰 서자 작달막한 바바리 앞에
허리가 꺾이도록 굴신한다, 도열한 검은 정장 사이로

내딛는 저 구두가 힘의 본부일까?

과시가 아니라면 힘은 나타날 필요가 없다, 덤불 뒤에
숨어 있다 느닷없이 출현하는 사냥꾼을
늪가의 하마들이 알아차렸다 해도
진흙탕 뭉개며 뒹구는 산만 한 덩치들이
제 멸종의 시간표를 알까? 장갑 말고 감춰진
손이 만지작거리는 스톱워치를!

어부의 귀

옆자리의 낚시꾼이 줄줄이 건져 올리는 갈치를
한 마리도 낚아내지 못하는 저 초보는
엉킨 줄을 푸느라 물때까지 놓치고 만다
낭패를 바치는 어로라면
숙련을 곁눈질하는 초짜에겐
멀미부터 참아내는 단련이 필요하다
포개지 않아도 겹쳐서 오는
풍파는 시비의 대상이 아닌 것이다
우리가 마련도 없이
제 것인 양 바다를 불러내지만
닦아세울 듯 조급한 너에게도
바다란 얼마나 울퉁불퉁한 일체인가
파도 위에 파도 그 파란만장이
물 밑 고기의 육성을 알아듣는
어부의 귀를 허락한다
저를 낚아주어 하나도 안 반가운 갈치 한 마리
초짜의 뱃전에 기다랗게 눕는다
펄떡거리는 갈치여, 온전해야 할 꼬리
무엇에 뜯겼는지 뒤태가 뭉툭하다

초보라 알 턱이 없겠지만 어부에겐

어부의 자부심이 오롯한 것

삼류

진짜 사기꾼이 왕창 해 처먹고 날랐는데
어쩌엉쩡 똥개마냥 따라다니다
감방이라면 도맡아 드나드는 머저리를 알고 있다
모처럼 집안 모임에 갔더니 두 달 전에 또 갇혔단다

벌써 몇 번째야, 삼촌 삼촌, 외제 차 끌고 와서
으쓱댈 때 알아봤어야, 이번에는
생판 남한테 집적거렸다니 모면한
인척들이야 여러 번 당한 일로 한숨 놓겠지만
말 빌딩 올리던 저는 저번만큼 만만할까

천성은 제비인데 어디서 물고 오는 박씨일까?
바람으로 잔뜩 채워
풍선처럼 터뜨리나, 그게 뭐라고
어설픈 바람잡이로 시답잖게 늙어가나
판정에서 사실을 바로잡겠다고?

진짜 시인이 어질러놓고 달아난 뒷자리의 서정처럼
말도 안 돼, 면회조차 안 갔는데

어느 순간 그가 내 앞에 우뚝 서 있다
삼촌, 삼촌 시는 무슨 말인지 휑하니, 삼류라고요
속이는 줄 모르게 속는 게 시 아니에요?

물고기 입장

오랫동안 낚시를 다녔지만, 나는
물고기 입장에는 서본 적이 없다
시에 어울리지 않는 호사라 힐난받을 때도
경청의 수심에서 만선을 이룬 베드로도 있는데 뭘
잡은 물고기니까 정성껏 다뤘을 뿐,
포식捕食은 인류의 습성이며
포획은 직립의 근거라 주장했다
점령군이 포로를 연민하는 것도 어쩔 수 없는 감정
바다 밑을 배회하는 물고기, 미끼를 앞에 두고
조바심치는 물고기, 죽음을 물고
달아나는 물고기, 수족관에 갇혀 갑갑한 물고기
미각이 고등동물의 속성이듯
해류를 견디는 것도 숙명이라 생각했다
물고기가 버둥거려 타자의 고통이 파다할 때도
손끝을 타고 오는 전율에 신이 나서
도막 내는 살과 뼈가 모두 육체성은 아니라고
선선히 낚싯줄을 잡아챘다
생명을 건 사투 끝에 끌려오는 물고기 입장이라니!
설마 세 치 혀로 상대를 옭매는 것이 낚시질보다

인간적이라 주장하려는 건 아니겠지?
나는 나대로의 물고기를 새길 뿐,

이목

까마귀 두 마리가 숲길을 옮겨 가며
부리로 쫒을 듯이 서로를 부르고 있다
스쳤다가 벌어지며 날개로 숨을 고른다
애인인 듯 불륜인 듯 대낮의 환락을
산책 나온 내외처럼 쳐다보는 나무들은
비위가 상한 게지, 비닐 붕대로
둥치를 친친 감고 있다
소란이야 금방이라도 가라앉을 초록이지만
나무가 품은 여름은 어느새 금이 간 환절기다
홍조는 인기척에도 놀라지 않는다, 법이 있어도
무법의 나라가 세워지는 것처럼
요즘 이목耳目에는 수치가 없다
벌레를 구제하고 숲의 일생을 건사하는 건
독림가나 하는 일, 갈아엎으려면
숨겨놓은 불의 망령까지 불러와야 한다

얼굴 1

이마에 주름도 파였으니 두상이 분명한
저것을 얼굴이라 믿을까,
누천년이 깎아 세운 저기 등신석
눈 코 입은 흐려졌으나 윤곽이 남아
한때 어깨였을 석상에 얹혀 있다
누구도 지켜보지 못한 증언이 되어

그러고 보면 지상에서 나 또한
얼굴을 가져본 적이 없다, 내가 누군 줄 안다 해도
그때그때 읽혀온 표정뿐,
누구라 해도 두 번 다시 겹친 적이 없는
순간의 진실을 믿어선 안 된다
수많은 접물을 지나왔지만
입술에 남는 감각이 떠오르지 않듯이

다가서면 골짜기처럼 깊어지는
너를 떠올리며 온통 눈물범벅일 때도
얼굴 없는 슬픔이어야 비로소 얼굴은, 담는다

얼굴 2

잠에서 깨어나 하루 치의 인상과 마주할 때
반반한 거울 너머 주름투성이 저 얼굴은
어디서 이목구비를 꾸어왔을까?
오래 돌아서 온 길이라며 수심 가득 찬
표정을 풀어 새날의 기분을 구겨놓는다

얼굴은, 왜 화가 나느냐며
상전벽해도 시시로는 안 바뀐다며 어른 위에
어린아이를 덮어씌우지만
턱수염까지 쉬어선 믿을 수 없다
증명하면서 항변하면서 그물처럼 촘촘해지지만
걸려드는 건 속이 터진 심술뿐,

누군가의 저녁을 닫으려고 혼잣말로 얼굴은
중얼거린다, 한 사람이 드나드는 통로인데
왜 이리 요철이 많담, 타일이라면
이어 붙여도 똑같을 텐데!

습지보존회의

이 습지의 보전이 그대들 일생일대의 과업이라면
드러내는 관심만큼이나 뻘밭에
쏟아붓는 열정도 뜨거울 것
가슴 높이까지 늪 속에 담그려면
진흙의 생살을 갖지 않고서는 누구도
수렁을 건너지 못한다, 온몸으로 뒤집어쓰는
공포를 털다가 손마디만 한 거머리가
옆구리며 허벅지에 피범벅을 물고 있으면
화들짝 놀라는 그 생생함이 생태의 참모습이니
찐득찐득한 목숨들도 미래를 품도록
네 피를 내일에게 나누어야 한다
원시의 심장을 품은 듯 네 말은 뜨겁지만
네가 허물었으니 대책 또한
네 키보다 높이는 수순이어야 한다
여기 우울한 피들 습지에 씻고 가자
말간 수면에 무구가 되비치도록!

밤의 열정

큰길가에 대리점이 생기고부터 동네에
수상한 젊은이들이 넘쳐난다
밤낮없이 번쩍거리는 경광을 켜들고
나타났다 사라졌다 또 나타나는 저 부랑을
바퀴라고 부를까, 벌레라고 부를까
기계음에 속수무책인 귀로 더는 참을 수 없었는지
오늘 새벽엔 아내가 뒤척거리다 말고 대문을 밀치고 나가
"거, 시동 좀 꺼줄 수 없어요?" 소리쳤으니!

멈춰 선 오토바이는 더할 나위 없이 정숙하지만
달궈놓으면 소음이 거의 광란이다
나도 한때 굉음을 찬탄하며 속도의 숭배자로 자처했었다
가죽이 거딜 나도록 안장을 즐겼으니
광마狂馬에 업혀 헐떡거렸던 꼴이라니!

아니라 해도 겪어내는 것들에는 저가 빠져 있다
선망처럼 꺼내보는 불의 탄력이
한때를 전소시키지만 질주와 폭음
오랫동안 떨쳐내기 어렵다, 철벽같다가도

막무가내 밀려드는 한밤의 열정에 휩싸이고 보면!

경마

다리를 건너오는 주말의 인파를 보면
합법적인 투전의 규모가 짐작된다
몇 해 동안 경마장에 개근하면서
그는, 한 번도 마권을 산 적이 없다
달리는 말만 찍었다, 순간을
돌파하는 근육을 잡아채서
질주의 장면들로 차곡차곡 쌓았다
말들이 네 발을 들어 허공에 놓을 때
도약은 매료를 넘어서서
마권에 새겨 넣은 함성보다 높이 솟구친다
한때 경마장 가는 길을 안내하는 책자가
불티나게 팔린 적이 있다, 잘못이라면
대책 없이 팽개친 생계겠지
그래도 그만의 기대는 깊어서
줌 가득 말굽 소리를 당겨보지만
일순 달려오던 말이 꼬꾸라지고
앵글이 박살 난다, 그 순간에도 경마는
그의 최전선이다

기차는 지나간다

주체할 수 없는 복락이 밀어닥쳤다 해도
지복인 줄 모른다면 삶은 맹물인 게지
한 장 기차표밖에 손에 든 것 없어
그대가 일러준 간이역은 지나쳐간다
정시 착, 정시 발, 저만큼 불빛을 떠미는
금속성 출렁임이 쇠의 몸을 휘감는다
어둠 외에는 전망이 없으니
기차표의 약속은 누가 사는가?
머지않아 폐쇄될 간이역을 지키는 역장에게
매표원, 검표사, 청소부, 검차수를
꼭 강요해야 하는가, 기차는
하루 한 차례 정거하고
획 던져지는 우편낭을 받아 챙기는 일로
잡부의 일과는 끝, 승객 없는 역사라도
늙은 역장은 기다린다, 무료라면
이대로가 좋아, 뭉갤 수 없는
침묵을 깔아놓고 기차는 지나간다

등대와 시

돌고래를 건져 나눠 먹었다는
낚시꾼들의 입담은 허풍이 아니다
스크루에 스친 돌고래라면 참극이지만
멸치 떼에 둘러싸였던 게 화근이라면 화근,
부두에서 해체되는 밍크고래도
한 줌의 멸치를 따라나섰을 것이다

땅거미 한 마리가 어둠을 끌고 온다
무리에는 드넓은 대지조차 중과부적

뭉쳐야지, 그러니까 뭉칠 수 없는 게 빛이라서
낱낱의 멸치들이 아가리를 향해 어둠을 활짝 편다
고래가 모르는 바다라면 시詩인 것을,

수평선이 안 보인다, 저기 어디쯤
고래 떼의 항진이 있을 것이다, 섬 자락 디디며 등댓불이
담뱃불처럼 깜박거리지만
어둠에 갇혀 제 발치도 못 가리는 건
시나 등대나 마찬가지!

통으로 움직이는 풍경
─ 김명인 시의 독보적인 우화론

정과리
(문학평론가)

> 말하지 말게, 그렇다고 침묵하지 말게, 너 한심한
> 인간아. 쓰게나! 그게 네 직업일세. 늙은 글쟁이
> 야. 노예들, 내시들, 너 같은 중놈들에게나 어울리
> 는 치사하고 비겁한 직업이란 말일세.
>
> ─ 니코스 카잔자키스, 『부처』[1]

    이 해설은 아주 더디게 씌어진다. 솔직히 털어놓자면
시집 원고를 받고 몇 차례 읽을 때마다 느낌이 다른 데
에 놀랐기 때문이다. 이 시들은 너무나 당연한 이야기
들을 담고 있으며 또한 너무나 신기한 이야기들을 담고
있었다. 또한 이 시들은 읽을 때마다 맛을 느끼게 하는
부위(?)가 달랐다. 다르다 보니 뭐가 진짜인지 헷갈리

---

1 Nikos Kazantzakis, *Buddha*, trans. Kimon Friar · Athena Dallas-
    Damis, San Diego: Avant Books, 1983, p. 100.

기 시작했다. 편두통을 떨어내고자 넌지시 미루어두었다가 숙제에 대한 의무감에 사로잡혀 다시 끌어당겼다가 다시 편두통의 기미에 불안해지곤 했었다.

1. 보편적 리듬 속의 홍조

처음 읽었을 때는 언어의 유장한 리듬에 사로잡혔다. 아무런 장애물에도 부딪히지 않고 바다까지 흘러간 갯물의 소리를 듣는 느낌이었다. 시종도 없고 언제 새파랗게 솟아나 언제 붉어졌는지도 몰랐다. 당연히 의미는 들어오지 않았고 소리에만 취해 있었다.

소리만이 아니라는 걸 깨달은 건 시집을 덮었을 때였다. 이 소리, 아니 좀더 정확히 말해 이 리듬은 그냥 특정한 소리의 반복, 운의 되풀이, 음보의 동일성, 소위 마디의 등장성에서 오는 것이 아니었기 때문이다. 그것은 바로 생각의 리듬이었다. 그 생각은 어떤 대상이나 풍경을 바라보는 자가 그 대상, 풍경의 움직임을 좇는 생각이다. 가령 이렇다.

부질없어서 민들레는 들판 너머로
씨앗을 날려 보낸다, 멀리 바다로 가서
수평선을 기웃거리다

어떤 섬에도 내려앉지 못해 마침내 수장되겠지만

이른 봄날 민들레꽃 지천인 외딴섬 여 사이로
팽팽한 실랑이 끝에 낚싯줄 끊고 도망치는
물고기가 있다, 해도
미늘에서 멀찍이 벗어나는 것은 아니다
맞물리면 끊어버릴 수 없어
미끼 근처로 되돌아서는 호기심

이 끈적임은 피가 아니라 떨칠 수 없는
유전자라는 것, 일생이 겨워도
한입 적시며 종족들은 이어진다
고집 센 물고기가 당겨대다 기진하는 바닷속에도
느슨하지만 연대가 엄연한 삶,

우리가 죽음이라 불러서 은밀하고 두터운
생식들은 지켜진다, 어둠 속에서
삐져나온 손이 다른 손목을 휘어잡는다
상대는 안 보이는데 끈끈하게 질척거린다면
나를 휘어잡은 것 너의 사랑인가, 눈먼 유전자인가
                    ──「유전자전」전문

이 시에 기저 주제라는 게 있다면 그건 '부질없는 생'

이라 할 것이다. 그런데 시인이 포착한 것은 생의 부질없음 그 자체가 아니라, '생은 부질없다'라고 탄식하는 사람의 마음이 생을 지속시키고 있다는 사실이다. 그래서 "부질없어서" "날려 보낸다"는 진술이 출현한다. 한데 이런 생각은 우리가 별생각 없이 자주 하는 행동이 아닌가? 무심코 종이비행기를 접듯이 우리는 무료한 생에서 새로움을 저절로 기대하며 그걸 이어나가고 있는 것은 아닌가?

다시 말해 김명인의 시가 타고 있는 생각의 리듬은 거의 지각하지 못하는 호흡과도 같은 리듬, 한결같은 되풀이가 신생의 꿈을 희미한 윤활유로 삼아 생의 지속을 가동시키는 리듬이라고 할 수 있다. 시 스스로도 자각하지 못하는 리듬이라면 독자 역시 그러할 것이다. 그러나 그런 신체화된 리듬을 일부러 생산해내는 시인도 그걸 자각하지 못하고 있는 것인가? 그냥 입술 끝에서 나오는 대로 노래를 부르는 것인가?

그렇지 않을 것이다. 시인에게 이 현상은 그가 깊은 모색 끝에 고안한 '무념의 염송念誦'이고 '소리 없는 아우성'이며 '단조로운 생동성'일 수도 있을 것이다. 그런 짐작을 하게끔 하는 건 이렇게 침잠한 흐름을 조성하는 것도 특별한 기술이 없이는 안 되기 때문이다. 대부분의 시들이 앞다투어 돋보이고 싶어 하기 일쑤일 때 부러 태깔을 낮추어 자기를 감춘다는 건 쉬운 일이 아니다. 그리고 더 나아가 어쩌면 이건 하나의 전략이 아니라 오히려 시인의 절박한 선택이었을 것이라는 생각까지 든다. 그런 짐작을 하게끔 해준 건 시집을 뒤적이다가 다시 읽은 권두의 「시인의 말」이었다. 시인은 이렇게 쓰고 있으니,

제 몸이 아니라며
자다가도 벌떡 일어나 앉는다.
서쪽은 없다고 나는 중얼거리지만
이 추궁을 견뎌야만 그 땅에 내려선다고?[2]

이야말로 방금 내가 짐작해본 '무념의 염'이자 '소리 없는 아우성'에 대한 시인의 자의식을 고스란히 드러내고 있지 않은가? "서쪽은 없다고"의 '서쪽'은 물론 동양인의 전통적 심상 체계 내에서의 서쪽, 즉 정신의 비

---

2 초고 상태에서 「시인의 말」은 "구름 낀 서해 저쪽, 누가 사르는 여홍餘紅인지"라는 행이 마지막에 추가되어 있었다. 교정 단계에서 삭제된 것으로 보인다. 앞의 행들이 삭제된 행의 뜻을 이미 포함하고 있다고 시인이 판단했기 때문일 것이다. 나는 이 마지막 행이 있었기 때문에 시인의 심사를 용이하게 짐작할 수 있었다. 하지만 삭제된 현재의 상태에서도 '서쪽은 없다고 중얼거리는 나' '그것을 추궁으로 여기고 추궁을 견디는 나' '벌떡 일어난 후, 사정을 헤아리며 그 땅에 내려서는 나'라는 세 '나'의 자세들의 모순성과 연속성이 이 진술을 저녁 노을의 '여홍'으로 물들이고 있음을 느낄 수가 있다.

원으로서의 '천축天竺'을 가리킬 것이다. 시인은 그런 데가 없다고 '중얼거린다'. 즉 그는 그 점을 깨닫고 되된다. 그에게 그것은 '추궁'으로 들린다. 쓰잘데없는 망상을 품지 말라는 초자아의 신칙이거나 아니면 '정말 없을까?'의 대답을 스스로에게 요구하는 자신의 재촉이다. 그러나 이 추궁은 체념을 강권하는 게 아니다. "그 땅에 내려서"려면 그 "추궁을 견뎌야" 한다,라는 것은 두번째 깨달음이다. 여기서 '그 땅'은 어디일까? 바로 발설하지 못한 그곳이 아닐까? 없으니 말해선 안 되는 땅, 그러나 그렇다고 되뇌자니, "자다가도 벌떡 일어나" '이건 내 몸이 아니야!'라고 울부짖게 하는 원인이 되는 그곳. 그 때문에 그곳은 갈 곳이 아니라 '내려서'는 곳이 된다. 그 땅은 저기에 있지 않다. 그 땅은 여기에서 내가 어떻게 내려서느냐에 달려 있다. 그것이 세번째 깨달음이 될 것이다. 그 깨달음에서 깨어나면서 시인 – 화자가 직면하는 마지막 진실은 자신의 지극히 평범한 꼴, "서쪽은 없다고 중얼거리"던 그 몸이 자신을 서해 저쪽으로 이동시키고 있다는 것이다.

만일 자연의 비유를 정확히 사용하고 있다고 가정한다면, 저 구름 낀 서해 저쪽은 인생의 끝자락에 놓인 자의 모습이다. 다시 말해 이미 지나온 인생이다. 그렇다면 "그 땅에 내려서"겠다는 의지는 새롭게 살아보겠다는 발심과는 관계가 없다. 오히려 저 모습은 지나온 인생의 '재해석'을 부추기는 표정이다. '벌떡 일어나 앉기' '중얼거림' '내려서고자 하는 마음'은 이미 그 삶의 추동력이었다. 그걸 다시 발견해야 한다는 것이다.

2. 덧칠된 풍경

시집 원고를 다시 읽었을 때 나는 또 한 번의 당혹감에 사로잡힌다. 통상적인 견해에 근거하자면 시 혹은 서정적 장르는 개인 심사의 표현이다. 따라서 우리는 시에 대해 말할 때 '시적 자아' 혹은 '서정적 자아'라는 말을 빈번히 사용한다. 그런데 김명인의 시에서는 이 서정적 자아가 보이지 않는다. 찾을 수 없는 건 아니지만 그는 일반적 주체 안으로 스며들어 있다. 우선 첫번째 시 「멸치처럼」을 살펴보자. 이 시를 읽으면 분명 멸치에 대한 이야기다. 그런데 독자는 이 시의 '멸치'가 시 안에서 차지하는 위상을 분명히 인지하지 못한다.

멸치 가게 여자가 박스를 열어
몇 묶음째 상품을 보여준다
몸과 몸을 흩어 한 무리임을 확인시키지만
군집을 모르는 손님에겐 못 가본 바다 같다
멸치는 팔려서라도 돌아갈 물길이 없다

있다 해도 짓뭉개진 뒤에야 놓여날

그물망, 어제까지 안 그랬다고 여자가 말했다

은빛 파도에 떠밀려 파닥거리는 멸치를

채반째 데쳐 비늘이 생생하도록 바람에 널었으니

그물을 싣고 항구를 들락거리는 건 배의 사정,

장마 탓이지만 마침 그때 일이 떠올랐을 뿐

머리를 떼면 흑연 같은 속셈이 딸려 나와

멸치는 곤곤해진다, 그러니 안주로 부른들 뭐 하랴

촘촘하게 엮인 투망을 덮어쓰는 절기에도

물기 다 거둔 멸치는 건건하다

비쩍 마른 여자가 삐걱거리는 좌판에서 돌아선다

한 번도 제 영역을 지켜낸 적 없는, 멸치

저걸 덮치려고 고래까지 아가리를 활짝 벌린다

──「멸치처럼」 전문

　첫 두 행에서 멸치는 분명한 객관적 대상이다. 시의
화자는 멸치를 사려고 가게에 들른 참이고 가게 여자가
상품을 보여준다. 그런데 다음 두 행에 가면 상자 속에
가득히 쌓인 멸치 무리를 보고 문득 화자는 바다에 흩
뿌리며 헤엄치는 멸치에 자신을 투영하고 싶은 마음이
생긴다. 이어서 바다로 돌아갈 길이 끊겨 이제는 '안주'
로 먹힐 뿐인 멸치의 사정을 '멸치의 입장에서' 전한다.
멸치의 입장이라고 했지만 거기에는 멸치처럼 바다로

나가고 싶지만 멸치 꼴을 보고 멸치에 동화되지 못한 화자의 마음이 멸치를 멀리 밀어내는 마음과 겹쳐진다. "머리를 떼면 흑연 같은 속셈이 딸려 나와/멸치는 곤곤해진다"에 와서 바다로 돌아가고 싶은 마음은 결정적으로 숨아내진다. 가게 주인 여자도 그 멸치로부터 "돌아선다". 멸치는 완벽한 바깥의 대상으로 저만치 물러난다. 화자도 멸치로부터 돌아설 만하다. 그러나 진술은 이어진다. 멸치는 이렇게 잡혀서 사람들의 먹이가 되었다. 멸치는 바다에서 스스로를 지키기 위해 저항한 적도 없다. 그런 하찮은 걸 먹겠다고 "고래까지 아가리를 활짝 벌린다". "고래까지"의 '까지'는 멸치는 그물에 걸려 육지로 끌려와 먹힐 뿐만 아니라, 바다에서 살아남았어도 여전히 잡아먹힌다,라는 뜻을 함의하고 있다. 멸치의 운명은 결국 먹이이고, 그 운명에 멸치 스스로 항거한 적도 없다.

이렇게 대상은 그 가치를 최대한 박탈당한 상태로 묘사된다. 그 안에 마음을 잠시 의탁하려던 화자는 어느새 그랬던 기척을 말끔히 거두고 있다. 거둘 뿐만 아니라 아예 시 안에서 자신을 표 나게 드러내지 않은 것에 안도하는 눈치다. 그는 애초부터 '손님'으로 슬쩍 등장했을 뿐이고 멸치의 몰락과 더불어 순전히 보고자의 위치로 돌아선다.

그렇다면 우리는 이런 불쌍하고 한심한 멸치의 운명

을 제3자의 입장에서 퍽이나 자세히 본 셈이 된다. 상당수의 시편들은 이렇게 객관화된 대상들을 조근조근 묘사하는 일에 할애되어 있다. 그래서 독자는 김명인의 시편들에서 서정적 자아보다는 어떤 풍경을 보고 있는 듯이 느낀다. 그 풍경은 내 바깥의 물상들의 생애가 어떤 변화를 겪는 과정을 그려 보여준다. 그리고 그 풍경들은 대체로 하찮고 처연하고 안쓰럽고 한심하다. 그렇다면 이 풍경들을 왜 보여주는 것일까? 더욱이 앞에서 보았던 것처럼 이미 '멸치'의 종말을 보았는데 최후의 비참함을 그렇게 경우를 따져가면서까지 꼭 보아야만 했던 것일까?

물론 그것을 보여주는 것은 '화자'다. 즉 화자는 자신을 최대한 감추고 있음에도 불구하고 대상의 생애에 심리적으로 강박되어 있는 것이다. 그렇다면 화자는 멸치의 무가치한 생애에 자신의 삶을 투사하고 있는 것인가? 그 의심이 드는 순간 독자는 금세 이 시의 제목이 "멸치처럼"이라는 점에 주목하게 된다. '처럼'은 누군가 멸치와 유사하다는 뜻이다. 그 누군가가 누구인가? 따로 지시된 존재가 없으니 그걸 발설한 이가 자신의 생을 그에 빗댄 것이라고 판단하는 게 가장 그럴 듯할 것이다. 요컨대 화자는 지금 자신의 인생이 멸치처럼 하찮고 한심하다고 생각하고 그걸 반추하는 것이다. 그런데 그런 한심한 인생에 왜 그렇게 집요하게 매달리는가? 보통 사람이라면 급히 외면했을 것이다. 그런데 왜? 그가 시인이기 때문인가? 어느 평론가가 평론집 제목으로 쓰기도 했던 '한심한 영혼'이기 때문인가? 그러나 글쟁이는 시 밖의 시인이고 시 안의 화자는 자신이 시인이라고 주장한 적이 없다. 그보다 그는 그냥 사람이다. 그리고 멸치처럼 한심한 인생을 살아온 못난 사람이다. 그러나 못난 사람들은 결코 자신을 못났다고 생각하지 않는다. 그건 존재 이유의 문제다. 그가 그런 인생을 끈질기게 복기하는 건 자신의 삶이 억울해서이다. "아니다!"라고 외치고 싶은 것이다.

그런 화자의 무의식을 시인의 의식은 명백하게 파악하고 있다. 그가 그렇다는 건 이 시에 교묘히 감추어져 있다. 어디에, 어떻게? 몇 개의 부사어에. 독자는 시인이 사용하는 부사어들이 입에 달라붙으면서도 의미가 분명치 않다는 느낌을 갖는다. 그래서 사전[3]을 뒤진다. "머리를 떼면 흑연 같은 속셈이 딸려 나와/멸치는 곤곤해진다"의 '곤곤'은 처음에 '잠잠'으로 읽혔는데, 사전을 뒤지면, "몹시 곤란하거나 빈곤하다"는 뜻의 "곤곤困困"임을 알게 된다. 그러나 사전엔 다른 뜻도 있다. "곤곤滾滾"은 "흐르는 큰 물이 출렁출렁 넘칠 듯하다"는 뜻

---

3 국립국어원, 〈표준국어대사전〉(http://stdweb2.korean.go.kr/search/View.jsp).

이다. 두 '곤곤'의 뜻은 극단적으로 다르다. 실제의 뜻은 전자인데, 그러나 시인은 후자를 암시하고자 했던 게 아닌가? 그렇게 보면, 짐작한 뜻까지 포함하여, 세 뜻이 한 단어에 압축되어 '멸치'의 인생에 농밀한 밀도를 부여하고 있다. "물기 다 거둔 멸치는 건건하다"의 '건건'도 유사하다. 그냥 읽으면 "바짝 말랐다"의 뜻으로 읽힌다. 하지만 사전을 뒤지면 그런 뜻이 있긴 한데 강도가 다르다. "건건乾乾"은 '말랐다'의 뜻이긴 하지만 '목마름'의 애타는 상태를 포함하고 있다. 고통이 배어 있는 것이다. 다른 뜻들은 더 세다. "건건蹇蹇"은 "어려움을 당하여 몹시 괴롭다"와 "매우 충성스럽다"는 이질적인 두 뜻을 포함하고 있다. 순우리말로 등재된 "건건"은 "감칠맛 없이 조금 짜다"라는 뜻이다. 그 뜻을 대입하면 멸치 맛은 "짜기만 하고 맛없다". 다시 말해, 멸치의 생은 "괴롭기만 하고 아무 재미없었다"는 뜻이다. 한데 또 다른 뜻도 있다. 부사로만 쓰이는 "건건虔虔"은 "항상 조심하고 삼가는 모양"을 가리킨다. 이렇게 보면 이 또한 멸치의 세 면을 다 압축해놓고 있는 어휘로 느껴진다.

두 개의 부사어는 한심하기 짝이 없는 멸치의 생이 적어도 세 겹으로 이루어졌으며, 시인은 그 세 겹이 덧칠의 방식으로 섞여 있고, 두 겹은 소극적이고 부정적이지만 한 겹은 항거의 의사를 담고 있다는 것을 절묘하게 암시하고 있다. 이러한 의미 현상은 아주 꼼꼼한 되풀이 읽기를 통해서야 해독할 수 있을 만큼 시 쓰기에 의해 꼼꼼히 감추어져 있다. 그것은 한편으로 시인 김명인의 언어 다루는 솜씨의 수준에 놀라게 되지만(시의 언어만이 시적인 것이 아니다. 시를 다루는 솜씨가 이런 경지일 때 우리는 시적인 전율에 사로잡힌다), 동시에 이렇게 쓰는 까닭을 궁금하게 한다.

이러는 까닭은 그가 시인이기 때문인가? 제사로 인용한 말 그대로 그것이 한심한 시인에게 어울리는 한심한 행위인 것인가? 제사의 필자는 다른 작품에서도 이렇게 썼다.

> 엉터리 시인이며 나약한 폐물인 손자가
> 한가하고 슬픈 촉이나 휘둘러 위대한 종족에게 수치를 가져와
> 그의 왕관들은 이제 흩어졌고 왕국은 폐허가 되었으니
> 왕이 아니라 장이였던 것이다, 이 한심한 필생은![4]

그러나 시인의 저 모호한 '장이'라는 말 속엔 국가의 건설과 유지에 맞서고자 하는 어떤 기운이 있다. 김명

---

4 니코스 카잔자키스, 『오뒷세이아 II』 제10장, 안정효 옮김, 고려원, 1990, p. 133(281~85행, 부분 수정); Nikos Kazantzakis, *The Odyssey: A Modern Sequel*, trans. by Kimon Friar, New York: Touchstone, 1985, epub version.

인의 세 겹의 말 속에서도 적어도 한 겹은 자신을 감싸고 있는 말에 저항해 그 고치를 뚫으려고 붉게 달아올라 있다. 우리가 앞에서 본 서쪽 노을의 저 '여홍'처럼. 그러니 시인의 이런 '쓰기'에 절박한 전략이 없다 하지 않을 수 없다. 그렇게 쓸 수밖에 없는 이유가. 그냥 세상에 대놓고 삿대질을 하는 대신에 이렇게 자신의 처지를 울타리 건너편 싫은 이웃 행태를 근대며 갉아대듯 할 수밖에 없는 까닭이.

그 까닭을 알려면 아마도 우리는 그의 시의 원점을 둘러보아야 할 듯하다.

3. 김명인 시의 근원

잘 알다시피 김명인의 시적 출발점은 두 개의 근원을 가지고 있다. 하나는 그의 첫 시집이『동두천』이라는 것이다. 다른 하나는 그가 '반시' 동인으로 자신의 시적 태도를 알리기 시작했다는 것이다. 시의 근원이 먼저 나타난 것은 동인지『반시』를 통해서였다. '반시'는 1973년 신춘문예 당선자들을 중심으로 1976년에 결성되었다. 그들은『반시』의「창간사」에서 "삶에서 떠난 귀족화된 언어에 반기를 들고, 시와 삶의 동질성을 내세우며 언제나 깨어 있는 시인" "시야말로 우리네 삶의 유일한 표현 수단임을, 시야말로 시대의 구원을 위한 마지막 기도임을 우리는 확신한다. 우리가 조명하고 있는 감추어진 현장의 혼돈을 다시 그 본래적 질서에로 회복시키려는 끊임없는 노력조차 오로지 시에 의존할 수밖에 없는 것이다"[5]라고 썼다.

그렇게 선언했지만 사실 그들의 시적 변별성은 뚜렷이 보이지 않았었다. 무엇보다도 4·19세대가 이끌어온 두 계간지 『문학과지성』 『창작과비평』에서 이미 표명된 입장이었고, 계간지의 입장은 당시의 문학장 전반을 지배하진 못했지만 공감을 늘려가고 있는 중이었다. 그리고 '시와 삶의 일치'라는 선을 제외하면 '반시' 동인들의 시적 공통성이 분명히 밝혀지지 않았다. '반시' 동인 중 지금까지 공적인 조명을 받고 있는 두 시인은 김명인과 정호승이다. 이 중 김명인과 정호승은 '반시'의 대표성을 띠었는데, 두 시인 사이에도 공통점이 잘 보이지 않는다. 김현은 이 둘의 시집이 준 '감동'을 거론하면서 장영수를 포함해 이들의 시 의식의 출발점을 "혼혈아-고아 의식"에서 보았다.[6] 이것은 이들의 시적 출

---

5 시집을 잃어버려 막연한 기억으로만 있다. 위 인용문은 위키피디아(https://ko.wikipedia.org/wiki/반시_(문학_동인))에서 구했다.
6 김현, 「고아 의식의 시적 변용」, 『문학과지성』 1978년 여름호, pp. 547~56; 『문학과 유토피아』(김현 문학전집 4), 문학과지성사, 1992(1980), pp. 97~107.

발점이 반–외세 체험 및 정서에 있다는 것을 가리킨다. 이 정서는 4·19세대의 '주체 의식'을 '상처'의 각도에서 더 극단적으로 첨예화한 것이다. 그러나 막상 김현의 두 시인에 대한 판단은 아주 상이하다. 중립적으로 말하면 김현은 김명인의 혼혈아 의식이 "실존적 체험"에서 솟아난 데 비해, 정호승의 시는 집단주의적 관념에 기대고 있다고 보았다.

내가 보기에 그럼에도 불구하고 '반시' 동인들에게 공통점이 있다면 그들이 생활에 대한 진술을 시에 넣기 시작했다는 것이다. 그리고 그 진술이 '이야기', 즉 사설의 형태를 띠었다는 것이다. 이것은 종래의 시 관념에서 보자면 새로운 것이었는데, 무엇보다도 시는 비유와 압축이라는 관념이 오랫동안 상식으로 통하고 있었기 때문이다. 그래서 오규원의 "해사적 경향"(김용직의 용어)이 신기하게 주목받고 있던 때였다. 그러나 시적 실제로 보자면 사설로서의 이야기 시의 근원은 이미 오래전부터 존재했었다. 무엇보다도 임화의 '변설 조'(정지용의 표현) 시가 효시를 이루었고, 신동엽·신경림·이성부로 이어지는 이야기 중심의 시들이 존재했었다. 다만 임화의 시는 감상성에 침윤되어 있었고, 신동엽, 신경림의 시는 역사나 주변의 목소리, 즉 현실 저편의 목소리를 취하고 있었다. 생활로서의 이야기, 즉 현실 이편의 목소리가 시의 중앙에 진입한 것은 '반시' 동인들의 시에 와서였다.

　　문학사적으로 보자면 '반시'는 시적 실제의 차원에서 신동엽·신경림을 계승하며 경신하였고, 시적 이념의 차원에서는 1980년대에 표명된 최두석의 이야기 시의 전조를 이루었다. 최두석의 이야기 시의 핵심은 그가 「노래와 이야기」에서 표명한 "노래는 심장에, 이야기는 뇌수에 박힌다"는 진술에서 제시된 '노래와 이야기'의 구별, 그리고 "이야기로 하필 시를 쓰며/뇌수와 심장이 가장 긴밀히 결합되기를 바란다"[7]는 소망이다. 이 주장에서 사람들은 통상 이야기만을 취했고 시인 자신도 그런 경향을 보였는데, 정작 중요한 것은 그 구별과 그 소망의 형식이다. 그 소망의 형식은 이야기로 시를 꿈꾼다는 것으로서, 실제로 그 이후 이른바 '민중시'로 분류되는 대부분의 시들이 그런 형태를 띠었기 때문에 그 점이 중요하다고 말한 것이다. '반시' 동인들은 이런 유형의 시적 생산의 첫번째 제작소를 형성했다고 할 것이다. 가령, 정호승의 수작 중 하나인 「슬픔은 누구인가」에서 시인은

　　슬픔을 만나러

7　최두석, 「노래와 이야기」, 『대꽃』, 문학과지성사, 1984, p. 11.

쥐똥나무숲으로 가자[8]

고 주문하고 있는데, 그 이유는

우리들 生의 슬픔이 당연하다는
이 분단된 가을을 버리기 위하여

이다. 눈치 빠른 독자는 시인이 여기에서 '분단된 가을'
을 현실에 대한 '이야기'로 놓고 '쥐똥나무숲'을 '노래'
의 차원으로 변별시키고 있다는 것을 간파할 수 있을
것이다. 그런데 왜 이런 구별이 필요한가? 마지막 부분
에 그 대답이 있다.

쓰러지는 군중들을 바라보면
슬픔 속에는 분노가
분노 속에는 용기가 보이지 않으나
이 분단된 가을의 불행을 위하여
가자 가자.
개벼룩풀에 온몸을 비비며
슬픔이 비로소 인간의 얼굴을 가지는

---

8 정호승, 「슬픔은 누구인가」, 『슬픔이 기쁨에게』, 창작과비평사, 1979, pp. 12~13.

110

쥐똥나무숲으로 가자.

이 마지막 시행이 던지는 전언은 분명하고도 모호하
다. 분명한 것은 "슬픔 속에는 분노가/분노 속에는 용
기가 보이지" 않는다는 인식이다. 즉, 현실 그 자체만을
보자면 희망의 기미는 결코 보이지 않는다는 것이다.
모호한 것은 그럼에도 불구하고 화자가 '가자'고 외치
는 도달점이 분명치 않다는 것이다. 시의 언어로는 그
도달점은 '쥐똥나무숲'이지만, 이 비유어의 장소는 명
시되지 않는다. 다만 독자가 알 수 있는 것은 쥐똥나무
숲은 현실 바깥의 다른 지점이 아니라 "무릎으로 걸어
가는 우리들의 생"이 "슬픔에 몸을 섞"는 자리라는 것
이다. 인용 부분에서는 "개벼룩풀에 온몸을 비비며"라
는 진술에서 그 점을 확인할 수 있다. 그리고 그럴 때
"슬픔이 비로소 인간의 얼굴을 가"진다는 추론을 하고
있으니, 그 추론을 늘리면 슬픔이 인간화되어 비로소
무언가 슬픔을 극복한 다른 정서로 재탄생할 거라는 정
도의 뜻이 될 것이다.
여기까지 오면 쥐똥나무숲은 한편으로 '현실' 심화의
결과이며 동시에 현실과 구별되는 다른 장소이다. 달리
말하면 '노래'의 영역은 '이야기'의 총화이면서 동시에
이야기와 구별되는 지점, 이야기가 제 안에 풀어놓았던
슬픔을 해소하는 자리가 된다. 그 '해소'의 방법론으로

는 '몸을 섞는 것' 하나가 제시되어 있는데, 몸을 섞어서 슬픔이 악화되지 않고 해소될 수 있도록 하기 위한 알고리즘은 보이지 않는다. 다만 이 노래의 영역은 모호한 채로, 아니 모호하기 때문에 더욱더, 이야기의 영역을 뛰어넘는 단계로 설정되고, 그 단계로 가기 위해서 조건 없이 이야기의 세계 속을 마구 방황해도 좋다, 혹은 방황해야 한다는 권유가 성립하게 된다.

이야기의 영역이 시 안에 진입한 이후로, 이렇게 이야기와 노래는 쌍둥이처럼 붙으면서도 변별되어 체험과 깨달음의 국면을 담당한다. 그리고 체험의 수열화는 깨달음으로 이어진다는 것이 당연한 과정으로 제시되는 한편, 그 깨달음의 메시지가 실질적인 시의 주제로 세워지게 된다(체험과 깨달음 사이에 연결선이 가정되었을 뿐 부재하기 때문에 결국 체험의 긴 사슬은 무효화된다). 좀더 넓혀보면 이런 유형은 동양 시가의 전통적 형식인 '선경후정'의 다른 버전으로 볼 수도 있다. 특히 '후정'을 통해 지혜의 수수授受가 달성되는 데에 '선경'이 기능적인 역할을 한다는 것은 '체험'과 '깨달음'의 관계와 유사하다. 어쩌면 그런 유사성이 한국인들에게 잘 읽히는 근거가 될 수도 있겠는데, 전통 언어문화와 근대 언어문화 사이의 연결에 대해서는 좀더 많은 자료 검토가 필요할 듯하다.

여하튼 이런 형태의 시는 정호승에서뿐만 아니라

1980년대의 많은 시인들에게서 쉽게 확인할 수 있을 정도로 무성한 군집을 이루게 된다. 흥미로운 것은 이야기 시를 제창하고 노래와 이야기의 구별을 제시한 최두석은 오히려 노래로 가지 않고 이야기 쪽에 끈질기게 남아서 괴로움과 슬픔을 벗어나지 않았다는 것이다.

그런데 김명인의 첫번째 시집 『동두천』은 그와는 다른 모습을 보여주고 있었다. 김명인 시의 실질적인 근원을 형성한 그의 첫 시집에서 시들은 이런 식으로 진술하고 있다.

> 되살아나는 무서움 살아나는 적막 사이로
> 먼 듯 가까운 곳 어디 다시 개짖는 소리 쫓아와
> 움켜쥐면 손바닥엔 날카로운
> 얼음 조각이 잡혔다 일어서서 힘껏 내달리면 나보다
> 항상 한 걸음 앞서도
> 너 또한 쉽사리 빠져나가지 못한 송천
> 그 어둠을 휘감고 흐르던 안개
> ──「안개──송천동 그해 그 모든 것들 속에서」부분[9]

동두천은 1950년대 이래 한국인의 정신적 흉터로 존재해온 곳이다. 이름만으로 외국군의 주둔과 매춘 여성,

---

9 김명인, 『동두천』, 문학과지성사, 1979, pp. 13~14.

그리고 혼혈아를 상기시키고 한국의 분단 현실과 외세 의존적 상황을 표징하는 곳이었다. 그 장소의 청소년들은 그들의 법적 고국인 한국에 사회적으로 소속되지 못했고 그렇다고 한국을 탈출할 수도 없었다. 이 시는 그러한 상황을 '안개'로 상징하고 있다. 시의 화자는 현실을 벗어나기 위해 안간힘을 쓰지만 "쉽사리 빠져나가지 못한"다.

　이러한 정황은 우선 이 시가 동두천 현실에 대해 '이야기'하고 있는데, 그 이야기는 '안개'라는 상징을 통해서 흘러나온다는 것을 보여준다. 이 '안개'를 앞서의 '노래'에 대입할 수 있을 터인데, 그러나 이 상징은 현실의 총화에 해당할 수 있겠으나 현실과 구별되는 다른 사물이 아니라 오히려 현실이 뿜어져 나오는 근원이다. 그렇기 때문에 이 상징은 정호승의 '쥐똥나무숲'처럼 현실을 넘어서는 어떤 장소를 암시하지도 못하며 따라서 '깨달음'으로 기능하지도 않는다. 다른 한편 '안개'는 현실을 벗어나고자 하는 충동을 촉발하지만 동시에 개개의 충동들을 휘감아 하나의 좌절의 풍경을 만들어낸다. 보라. '나'는 "개짖는 소리"에 쫓기고 '손바닥에 잡'히는 "얼음 조각"에 깨어나 안개를 찢고 달아나려 한다. 그러나 그 시도는 좌절되고 좌절되는 순간 자신보다 더 앞서서 빠져나가려던 "송천"마저도 안개에 휘말리고 마는 광경을 보고야 만다.

여기에서 김명인 특유의 풍경학이 태어난다. 그의 풍경은 동양적 귀의의 장소 혹은 여행의 구경究竟으로서의 풍광이 아니다. 그것은 무엇보다도 현실과 불화한 존재들이 현실과 뒤엉켜 한 덩어리로 굴러가는 광경이다. 여기서 주목해야 하는 것은 현실과 불화한 존재들 자신이 그 풍경 속에 휘말려 들어가 있다는 것이다. 풍경과 자아의 분리가 단호히 이루어진 것은 김소월이 처음이었다. 그 이후 한국의 시인들은 그 분리에 근거해 둘 사이의 관계를 재배치하는 데서 창조의 획을 찾았다. 대부분의 일반적인 시인들은 다시 통합으로 돌아가려 했는데, 풍경의 질료가 자연에서 사회로 바뀐 경우에도 그 경향은 지배적인 지위를 차지하고 있었다. 그 중 세련된 시들은 무조건 회귀하려고 한 게 아니라 앞에서 보았던 것처럼 분리의 탄력을 이용해 부메랑적 선을 그리면서 통합의 회로를 극화하는 기교를 보여주었다. 그것이 감각의 취향에 더 큰 자극을 줄 수 있었다. 반면 통합을 버리고 분리를 과감히 밀고 간 시인들도 있었다. 그들은 분리를 더욱 밀고 나가 미지의 더 큰 세계를 찾으려 했다. 한용운의 「알 수 없어요」 이래 그 경향도 굵은 흐름을 이루었다.

김명인은 통합으로의 회귀도, 분리의 지평으로도, 분리─통합의 궤적을 긋는 일에도 가담하지 않았다. 그는 근본적인 지점으로 거슬러 올라갔다. 거기에서 그가 만난 것은 분리의 불가능성이었다. 아니 분리가 되었지만 그러나 분리되지 않았다. 그것이 그가 겪은(혹은 본) '동두천' 혼혈아의 인종적 운명이었으며, 고스란히 시에 투영되었다.

> 그해 전쟁도 이미 끝난 겨울에
> 아이들은 더러 먼 친척을 따라 떠나가고 날마다
> 골짜기를 덮으며 눈 내려서
> 추위에 그슬린 주먹들도 깨진
> 유리창에 매달린 얼굴들도
> 그렇게 쉽사리 서로를 용서하지 않았다
>
> ─「켄터키의 집 I ─ 송천동 바닷가
> 그 고아원에서」(p. 17) 부분

더러 떠난 아이들도 있었다. 그러나 그때 그 아이들은 '나'와 무관한 존재가 된다. 그래서 떠나간 아이들은 거꾸로 나의 묶임의 감정을 강화하는 기능을 한다. "골짜기를 덮으며 눈 내려서"는 남은 자들에게는 이 장소가 눈 덮인 골짜기처럼 '하나로─고립된', 통합적으로 분리된 장소라는 점을 암시한다. 이어서 주목할 것은 묶인 상태이다. 우선 남은 자들은 "쉽사리 서로를 용서하지 않"는다. 즉 그들은 하나로 엉켜서 싸운다. 다음. 그들만이 엉킨 게 아니다. 그들을 그렇게 하나로─고립된 존재들로 만드는 상황, 즉 풍경과도 분리되지 않는다. "추위에 그슬린 주먹들" "깨진/유리창에 매달린 얼굴들"의 '그슬린' '매달린'이라는 연결사가 하는 일이 그것이다. 이곳에서 사람들은 하나가 되고 사람과 정황도 하나가 되고, 그렇게 하나 된 채로 싸운다. 통합이 통째로 격렬한 분리 운동을 하고, 그 격렬성의 정도만큼이나 통합의 점착력은 더욱 강해진다.

4. 분할 없는 분리로서의 풍경

이제 나는 이 시편들을 본격적으로 읽을 수 있는 준비가 되었다고 할 수 있다. 지면도 다 되고 마감일도 훌쩍 지난 지금에 와서! 어쩌랴, 본래 시란 안주머니 속에 넣어두었다가 두고두고 씹어 먹는 환약인 것을! 여하튼 이제 깨닫는 것은, 김명인의 이 독보적인 풍경학이, 이후, 분리로서의 통합, 혹은 통합 속의 분리 운동의 양상과 진화를 파헤치는 데, 아니 자기 진화 과정 자체에 바쳐졌다고 짐작할 수 있다는 것이다.

당연히 이 운동은 생존의 몸부림이다. 생존 활동에 대한 판단은 두 개의 조명 아래 놓인다. 하나는 진화론적으로 생존의 의지는 필수적이라는 것이다. 이것은 물을 필요도 없는 본능에 속하는 것이지만, 동시에 끊임

없이 의식해야 하는 문제이다. 왜냐하면 이 의지가 없는 종은 존속할 수가 없기 때문이다. 그러나 한 종 또는 개체의 생존 의지는 다른 개체·종의 생존 의지와 충돌한다. 따라서 두번째 조명에서 그것은 공동선과의 부합이라는 측면에서 재평가된다.

이러한 이중성은 모든 생명 활동에 적용되는 것이고, 인류의 정신사는 바로 그러한 이중성의 조합을 끊임없이 재성찰하고 재구조화하는 작업들로 점철되어 있다. 그 작업들은 다양한 부문들에 다양한 양태로 뻗어나간다. '이야기와 노래' 즉, '체험과 깨달음'의 분리도 그런 작업 중의 하나에 속한다고 할 수 있다.

한데 이 작업들에서 공통적으로 가장 흔히 일어나는 오류는 두 층위의 관계를 정밀하게 탐구하기보다 어느 한쪽에 대한 신앙으로 다른 한쪽을 그에 복속시켜 판단한다는 것이다. 이 오류들은 얼마나 자주 일어나고 끊임없이 되풀이되어왔으며 지금도 반복되고 있는지, 이 오류의 되풀이가 인류의 정신적 발달의 '장애물'이라기보다 거꾸로 인류의 정신적 도약을 위해 쌓이는 물질화한 정신의 태산으로 여겨질 정도다.

그런데 김명인의 시편은 바로 이 위험을 원천적으로 억지한다. 김명인의 시편들이 분리 – 통합의 필연적인 얽힘을 현상하기, 즉 분리되었지만 분할되지 않아서 통합적으로 분리 운동을 할 수밖에 없는 방식으로 구조화되었기 때문이다. 현실에서 벗어나려는 개체의 움직임은 현실 전체의 이동을 유발한다. 그래서 개체는 현실을 벗어날 수가 없다. 또한 때문에 현실 전체를 개혁하는 방식이 아니면 개체의 탈출은 허용되지 않는다. 아마도 다음의 시구는 그러한 처지에 최량의 정서적 밀도가 부여된 경우에 속할 것이다.

> 생각은 잠시 데워지나 몸엣것 다 빠져나갈수록
> 끝까지 내가 나를 헐어내야 할 이 고단한 외로움도 罪
> 무서워서 더욱 큰 죄 짓고 홀로 흘러야 할 밤은
> 막막하구나 너는
> 어느 물소리 속 몸 다시 웅크렸는지
> 거쳐 온 나날도 남겨진 슬픔 위에
> 저렇게 저문 하늘과 땅끝까지 맞닿아 있다.
>
> ——「켄터키의 집 II——落魄하여
> 죽은 친구를 생각하며」(p. 20) 부분

그러나 그렇기 때문에 주체의 움직임은 매 동작마다 현실 전체에 작용한다. 오히려 이러한 숙명은 현실로부터의 관념적 탈출을 허용하지 않는 대신에 현실을 상시적인 요동 상태에 놓을 수 있는 유용한 위상을 확보할 수 있다. 현실에 사로잡힌 주체는 거꾸로 보자면 현실의 멱살을 잡고 가는 주체일 수 있다. 현실에서 벗어날 수 없다는 절망은 현실을 통째로 움직이는 풍경으로 변할 수가 있는 것이다.

다만 그 역전에는 어떤 방법론이 필요할 것이다.『동두천』에서는 전자의 기운이 압도적인 비중을 차지하고 있었다. 그러나 그때부터 이미 김명인 시는 후자로의 이동을 은근히 이행하고 있었을 것이다. 그로부터 40년이 지난 지금의 시편들은 그 이행에 대한 하나의 물증이 될 수도 있을 것이다(그 사이에 놓인 시집들의 움직임에 대해서는 훗날을 기약하기로 한다).

우선『동두천』에서 독자는 어떤 시도를 발견한다. 바로 앞의 시구를 다시 읽어보자. 이 시구의 앞 행은 "문득 스스로 와 닿는 집 속이 잠깐씩 들여다보인다"이다. 그걸 읽는 순간, 독자는 이 시의 제목이 "켄터키의 집"이라는 점을 상기한다. 집을 잠깐씩 들여다보는 어떤 동작은 '동두천'의 물의 흐름 속에 잠시 지어지는 기포 같은 것이다. 그 기포는 위 시구에서 "어느 물소리 속 몸 다시 웅크렸는지"의 '웅크림'으로 지시된다. 그 웅크림에서 무슨 일이 일어났는가? 바로 "막막하구나 너는"이라고 뒤돌아보는 시선이 생긴 것이다. 즉, 그냥 세상의 흐름에 마냥 휩쓸리는 것 같았는데, 거기에서 가끔이 휩쓸림을 의식화하는 행동이 기포처럼 보글거리고 있는 것이다.

그러니까 이 기포는 김명인 시의 화자가 맞닥뜨릴 수

밖에 없는 세상의 전일성에 저항하기 위해 세상 안에 구축된 교두보가 된다. 그것은 빈 공간에 그치지 않고 물의 전체적인 흐름 안에서 다른 방향, 다른 방식으로 흐르는 작은 흐름을 만들어낼 수 있다. 전체는 세부들의 총화로 이루어지며 따라서 아무리 전체의 기운이 막강하다 해도 그 안에서는 세부들의 쉴 새 없는 이탈의 작은 기미들이 생성된다. 이 기미들이 어느 순간엔 전체를 통째로 폭발시키는 시한폭탄을 그 안에 심는 것이다. 그런데 그 기미들이 전체의 흐름과 같은 벡터를 가지면 그것들은 그저 전체에 휩쓸리거나 태어났다가 곧바로 스러지는 미미한 점들로 그칠 뿐이다. 중요한 것은 이 작은 기미들이 다른 운동 양식을 갖추는 것이다. 후기 베토벤에 관한 아도르노의 언급은 시사하는 바가 있을 것이다.

　　바로 이것이 후기 베토벤의 작품들이 주관적이면서도 동시에 객관적이라고 명명되는 것에서 보이는 모순을 해명해준다. 깨진 풍경은 객관적인 모습이며, 그 내부에서 풍경을 작열시키는 유일한 요소인 빛이 바로 주관적인 모습인 것이다. 베토벤은 풍경과 빛의 조화로운 종합을 구현하지는 않는다. 베토벤은, 아마도 풍경과 빛을 영구히 보존하기 위해서인 듯, 해체의 힘으로서, 시간에서 산산조각이 나도록 찢어버린다. 예술의 역사에서, 후기 작품

들은 파국들이다.[10]

이 대목의 핵심은 풍경이 풍경과 빛으로 나뉘어서 각각 객관성과 주관성을 담당하게 되고 둘 사이에 영원한 탈구가 일어났다는 것이다. 이어서 아도르노는 아마도 베토벤이 이렇게 한 것은 "풍경과 빛을 영구히 보존하기 위해서"라고 추정한다. 다시 말해 풍경과 빛의 싸움을 음악 안에 집어넣어 협화음으로 이뤄져야 할 음악에 '파국'의 효과를 항구적으로 낳도록 했다는 것이다.

베토벤의 진짜 의도가 어떠하든 그런 효과를 낸 건 아도르노에 의하면 풍경 안에서 나온 두 움직임이 각각 상대방을 용해하는 가능성이 애초에 배제되는 방식으로 다른 벡터를 가졌다는 데에 있다. 그것은 서로를 삼키지도 않고 상쇄하지도 않는다. 그것이 둘의 영구적인 지속과 영구적인 불화를 가능하게 한다.

10 Th. W. 아도르노, 『신음악의 철학』, 문병호·김방현 옮김, 세창출판사, 2012, p. 173(부분 수정); Theodor W. adorno, *Philosophie de la nouvelle musique*, traduit par Hans Hildenbrand·Alex Lindenberg, Paris: Gallimard, 1962, p. 129.

5. 풍경으로부터 우화로

『동두천』에서 이미 조짐을 보인 김명인의 작은 기포
도 그와 비슷한 일을 하리라는 걸 독자는 추정할 수 있
다. 실로 이번 시집에서 단품으로 읽으면 이해가 되지
않는 시편들은 그런 짐작 속에서 돌연 활기를 띤다. 가
령 「둠벙 속 붕어」 같은 시가 그렇다.

> 방죽 너머로는
> 누군가 투신해서 푸르다는 바다,
> 그 꿈을 다 퍼낼 수 없어 우리는 풍파를 모르는
> 둠벙이나 가끔 살피는데 보기보다 깊지 않은지
> 동네 청년들이 모터를 걸어놓고 바닥째 비워내곤 했다
> ──「둠벙 속 붕어」 부분

화자가 간혹 낚시를 하러 가는 '둠벙'은 일단 바다의
작은 모형으로 제시된다. 바다낚시를 못 가는 사람들이
둠벙에서 낚시를 한다. 바다가 우주라면 둠벙은 소우주
일 것이고, 바다가 세상이라면 둠벙은 집 정도가 될 것
이며, 바다가 이상향이라면 둠벙은 그것의 모델 하우스
정도가 될 것이다. 그런데 세상에 위기가 닥치자 둠벙
은 유효한 실험 장소가 된다. 여자가 실종되었다. 바다
로 투신했는지 모르지만 바다는 "누군가 투신해서 푸르

다"는 풍문 속에 아스라하다. 바다를 못 퍼내는 사람들은 대신 둠벙을 퍼낸다. 모호한 '누군가'는 바다를 푸르게 하기 위해 바다에 투신했겠지만 실체가 있는 '여자'는 둠벙에 투신했을 거다. 혹은 바다는 다 퍼낼 수 없지만 둠벙은 퍼낼 수 있으니까 그런 믿음이 생긴다. 소방차가 호스를 대고 둠벙 물을 다 퍼낸다. 그러나 "여자는 없었"다. 둠벙은 깨끗했다. 바다가 어둠(모호성)의 지역이라면 둠벙은 밝음(명료성)의 장소인데, 거기에서 살인의 증거는 나오지 않았다. 그렇게 안심하려는데……, 나온 게 있다. "살이 다 털린 사체가 발견되었다". 이 사체는 여자가 아니다. 여자는 엊그제 빠져 죽었을 사람이지만 이 '사채'는 살이 다 털릴 정도로 오래되었다. 차라리 이 사체는 둠벙의 거주자라 할 만하다. 그렇다면 둠벙에 간혹 낚시를 하던 화자, '나'는

　　몇 해 동안 그 둠벙 속 붕어를 졸였으니
　　식인 물고기의 먹이사슬 위에서 생각을 뜯었던 것이다
　　　　　　　　　　　　　　　　—「둠벙 속 붕어」부분

다시 말해 '나'는 세상의 위기를 내 뱃속과 내 행동에 그대로 전이시킨 세상의 공범자였던 것이다. 이런 사연은 독자가 이를 '우화'로 읽을 때 길어낼 수 있는 의미다. 다시 말해 이건 리얼리즘적인 내용을 담고 있는 게

아니다. 분명 현실에서 벌어지는 사건들을 질료로 사용하고 있지만, 이 대목을 실제 사건들의 연속으로 읽을 때 사실의 실감을 얻기란 어렵다. 반대로 현실의 물질들을 우화의 재료로 변환시켰다고 이해하면 이는 방금 설명한 바와 같은 아주 그럴듯한 주제를 알아차리게 한다.

우화성은 김명인 시의 진화의 한 측면으로 이해할 수 있을 것이다. 『동두천』의 세계는, '반시'의 운동이 그러했듯, 직접적 현실을 시 속에 집어넣는 방식을 취했다. 그 직접적 현실에 다시 비유의 의상을 입히는 게 당시 직접주의자들의 실제적인 방법론이었다. 그때 비유 즉 노래는 현실－이야기를 최종적으로 의미화한다. 김명인의 시는 그런 노래에 의한 이야기의 흡수, 비유에 의한 현실의 장식을 거부한 대가로 결코 빠져나갈 수 없는 도주의 풍경학을 만들어냈던 것이다. 그 사정은 앞에서 충분히 풀이하였다.

그 사정을 고려한다면 우화는 풍경학의 진화이다. 그것의 기능은 현실과 주체의 해소되지 않는 불화라는 풍경에 주체의 입장에서 '작용'할 여지를 구축하는 것이다. 왜냐하면 우화는 방금 보았듯이 결코 현실로 '풀어지지' 않기 때문이다. 즉 우화는 현실의 압축인 듯이 여겨져서 만들어지지만 결코 현실을 상징적으로 투영하지 않는다. 오히려 현실과 부조화한다. 우화의 언어는 현실의 언어와 완전히 다른 것이다. 그렇게 해서 이 시는 형식과 주제 두 측면 모두로부터 다음과 같은 메시지를 만들어낸다: 현실의 '일부'에 정착하는 건 말 그대로 현실과 동일화되는 것도 아니고 반대로 현실로부터 일탈하여 숨거나 안식하는 것도 아니다. 오히려 현실 안에 이질적인 부분으로 존재해 현실과 엇박자로 작동하면서 현실의 근원적인 문제를 들추어낸다. "몇 해 동안 [……] 식인 물고기의 먹이사슬 위에서 생각을 뜯었던"것에 비견할 만한 현실의 아주 오래 삭은 위험을.

　우리는 새 시편들의 도처에서 이렇게 시 안에 웅크리고 도사려 시의 주제를 위기로 몰아가는 시편들을 빈번히 접한다. 몇 개의 예만 들어보자.

　　쏟아져 내리는 여울처럼 시원하던 복근이
　　어느 날 이마며 두 볼에도 흉물스럽게 옮겨 앉는다
　　　　　　　　　　　　　　　　　　　─「주름」 부분

　　누군가 자꾸만 오리탕 속에서 말복을 건져내는데
　　평상 아래로 쉬지 않고 물갈퀴가 배달된다
　　　　　　　　　　　　　　　　　　　─「물의 윤회」 부분

　　승조원도 없이 잠수함처럼
　　제 몸에서 돋아난 잠망경을 두리번거리며

126

다른 세상으로 건너가려는 딱한 아가미

　　　　　　　　　　　　　　　　　—「아가미」 부분

어떤 부당으로 상대에게 멱살을 잡히더라도
되도록 공손하게 응대할 작정이다, 나는 표적이니까
사수인 그가 내 팔뚝을 비틀며
이 새끼가! 할 때
뭐만 한 개자식이, 맞받아친다면
그건 섣부른 행동이다

　　　　　　　　　　　　　　　　—「표적과 겨냥」 부분

　그러나 이런 시구들은 현실의 문제를 부각시키고 위기를 악화시키는 사태를 현상시킨다. 다음의 시구는, 반면, 악화가 진화로 변위되는 길목에 위치한다.

먹방으로 흥청거리는 게 누대의 허기만 같다
저 음식남녀들 한자리에 모아놓고
밤낮없이 지지고 볶게 한 다음
먹고 마시고 싼 것들 속으로 가라앉힌다면,

물속 바위틈에 노숙을 비껴 넣고
살아내는 기척도 죽이면서
제 힘껏 마련한 식음이 메기 살 되게 한다면,

이 바닥에는 메기만 한 보양식이 없다고

당신은 허겁지겁 다가앉겠지만

누가 설친 끼닐까, 메기도

민물고기임을 잊었을 때

큰 입을 만난다, 아무리 요동을 쳐도

강물은 어김없이 바다에 사무치는 것을

　　　　　　　　　　　　　　　　　—「메기」 부분

　이 우화에서 메기는 이중적인 존재 양태를 가진다. 하나는 인간과 메기의 엽기적인 관계 속의 메기. 메기는 물속에 숨어 물에서 구한 양식으로 연명한다. 인간은 메기를 '보양식'으로 먹는다. '노숙'이라는 단어는 인간－메기 관계를 인간관계로 확장해서 읽을 수 있다는 것을 암시하지만 일단은 암시로 그칠 뿐이다. 그런데 메기가 구한 양식은 실은 메기를 "허겁지겁" 먹은 "저 음식남녀들"이 "먹고 마시고 싼 것들"이다. 그러니까 그들은 메기로 변용된 저의 쓰레기를 먹는 것이다. 그런데 시의 초점은 그 점을 흘리고 슬그머니 비켜난다. 인간의 문제는 제 똥을 먹는 데에 있는 게 아니다. 그게 아니라 저의 쓰레기를 거듭 '가라앉혀' 강 환경을 망가뜨리고 결국 물이 제공할 식량 자원을 고갈시키고 그건 결국 인간으로 하여금 항구히 끼니를 "설치"

게 한다는 것이다. "누대의 허기"에 허겁지겁 먹이에 달려든 결과는 항구적인 허기이다. 그런데 이러한 해석에 실마리를 제공한 것은 "메기도/민물고기임을 잊었을 때"의 '민물고기'이다. 이것을 '바닷고기가 아니다'로 해석해서는 안 된다. 그 진술은 '물이 깨끗해야 메기도 많아진다'는 뜻이다. 그런데 독자는 자칫 전자로 해석할 뻔했다. 왜냐하면 이어지는 진술이 강과 바다의 관계를 말하고 있기 때문이다. 강이 바다로 흘러간다는 것은 강에서의 자질구레한 사연들은 바다로 흡수되어 잊히거나 달래진다,라는 뜻인가? 흔한 서정시들이 그래왔던 것처럼? 게다가 이렇다면, 다시 출발점으로 되돌아간 것일까? 영원히 빠져나올 수 없는 숙명 속에 휘감긴다는? 그러나 아니다. 그렇게 읽으면 갑자기 '메기'를 이탈하게 된다. 지금까지의 메기 이야기는 쓸모가 없게 되는 것이다. 단서는 다른 데에 있다. "이 바닥에는 메기만 한 보양식이 없다고"의 '바닥'이다. 이 대목은 슬그머니 인간을 '메기화'한다. 왜냐하면 메기는 물 밑바닥에 사는 물고기이기 때문이다. 여기에서 인간(상층)—메기(바닥)의 관계는 큰 세상(상층)—인간(바닥)의 관계를 암시하고, 다시 그 암시는 슬쩍 바다(본 세계: 상층)—강(지엽 세계: 바다)의 비유의 양태로 바뀐다. 인간이 누대의 허기에 조급해 허겁지겁 자연을 먹어대는 한 인간은 결국 밑바닥의 삶을 벗어나지 못한다는 것이다.

메기는 처음 인간의 먹이였다가 다음, 인간의 환유, 정확하게는 인간의 처지를 암시하는 매개로 기능한다. 이 두 존재 양태 사이에는 층위 이동이 있으며 이 이동에는 기능의 변화가 있다. 즉, 인간의 먹이로서의 메기는 인간의 탐욕을 느끼게 하는 객관적 상관물이다. 하지만 다음 층위로 건너가면서 메기는 인간의 자멸을 암시하는 대대待對적 상관물로 기능한다. 메기의 기능은 더 이어진다. '민물고기'로서의 메기는 인간의 자멸 원인을 가리키는 증거이다. 그런데 '민물'은 '바다'와 대비되면서 인간의 존재론적 미미함을 암시하는 우의적 비유체로 기능한다.

이러한 분석은 김명인 시의 우화가 궁극적으로 풍경을 끝없는 진화 상태로 돌입하게 하며, 그 진화의 알고리즘은 지시→암시(/지시)→암시(/지시)……의 연속으로 이뤄졌다는 것을 알게 해준다. 간단히 말하면 우화는 암시를 흐르게 한다. 흐르게 해서 삶을 끝없는 경신 속에 집어넣고 그 경신 자체가 스스로의 에너지로 기능하게 한다. 그 운동의 기본적 절차를 이루는 지시-암시의 기능 변위의 연속성은, 지시를 통해서 현실에 작용하게 하며 그 암시를 통해서 현실의 지평을 바꾸어나간다는 효과를 산출한다. 또한 그러한 시의 여정은 독자에게는 삶에 대한 보편적 지혜를 항구적으로 학습할 기회를 제공할 것이다.

6. 맺음말

　이제『동두천』에서 시작한 그의 시의 여정이 기본적인 구도를 결코 바꾸지 않은 채로 완전히 다른 전망을 가진 언어체로 진화한 내력을 대충 짐작하게 되었다. 그가 기본 구도를 바꾸지 않은 건 숙명적인 것이었다. 그의 혼혈아 의식은 세계와 자아, 현실과 의식, 전체와 부분이 뚜렷한 차별을 보이면서도 결코 분할되지 않는 정황을 불가피한 것으로 받아들이게 했다. 그 덕분에 그의 시의 주체들은 실존적이면서도 개성적이거나 일탈적일 수가 없었다. 그러나 그것은 거꾸로 주체의 생존 의지를 세계의 동시적 경신에 이어지도록 하는 효과를 낳을 수밖에 없게 했으며 시인은 그러한 자아−세계의 보편적 자기 경신의 방법론을 거듭 벼리면서 발전시켜왔던 것이다. 그의 "너머로의 출발은 일생을 바치는 여정"(「너머」)이 된 것이다.

　그러니 김명인 시야말로 세상의 가장 천한 존재로서 등록된 인간이 가장 숭고한 경지에까지 이르는 여정을 치열하게 보여주었다 하지 않을 수 없다. 그렇게 힘든 등정을 스스로 치른 이가 말한다.

　　늦가을의 슬하여, 광채가 견디므로
　　더 느릿느릿

여기서 간신히 마무리하려는 마음을 스스로 잡아챘다. 이 매듭은 김명인 시를 본격적으로 다시 읽는 출발선의 발판 다짐에 불과하다고. 왜냐하면 나는 이 해설에서 시초와 지금을 연결했을 뿐, 그 사이의 '중세'를 모른 체했기 때문이다. 더 나아가 나는 이 시집의 시편들을 되풀이 읽긴 했지만 아주 적은 수의 시편들만을 분석하는 데 공력을 바치기도 했기 때문이다. 그러니 주머니 속의 이 시들을 버릴 수가 없다. 그것들은, 되풀이 말하지만, 야금야금 씹어 먹을 환약이 되리라. 그리고 노파심에서 덧붙인다면 여기에서 쓰인 '풍경학' '우화론'의 '학' '론'은 지식의 전개를 가리키는 말이 아니라, 체험이 준 지혜라는 뜻에서 쓰인 것이다. 우리가 '아무개 씨의 인생론'이라 말할 때 아무개 씨가 책 많이 읽었다는 뜻으로 쓰는 것은 아니지 않은가? ▨